EL ABISMO DE SAN SEBASTIÁN

MARK HABER

EL ABISMO DE SAN SEBASTIÁN

TRADUCCIÓN DE JOSÉ LUIS PIQUERO

PRE-TEXTOS CONTEMPORÁNEA

TÍTULO DE LA EDICIÓN ORIGINAL EN LENGUA ITALIANA:
Saint Sebastian's Abyss

Primera edición: mayo de 2024

Diseño de la colección: Andrés Trapiello y Alfonso Meléndez
Imagen de cubierta © *Martirio de San Sebastián* (detalle), de Andrea Montegna (1480)

Luis Santángel, 10
46005 Valencia
www.pre-textos.com

Impreso en España/printed in Spain

ISBN: 978-84-10309-08-1 • DEPÓSITO LEGAL: V-1502-2024

Impreso en Graphycems

"Sólo una débil luz brilla como una pequeña estrella en un vasto abismo de oscuridad. Esa débil luz no es más que un presentimiento, y el alma, cuando la ve, tiembla dudando si la luz no será un sueño y el abismo de oscuridad la realidad".

KANDINSKY, *Sobre lo espiritual en el arte*

"Y otorgaré poder a mis dos testigos".
Apocalipsis 11:13

1

Tras leer el email de Schmidt supe que tendría que volar para ver a Schmidt en su lecho de muerte en Berlín. Tras releer y reflexionar acerca de los pasajes más enfáticos de su email relativamente breve, estaba convencido de que tendría que visitar a Schmidt una última vez mientras, según sus palabras, agonizaba en Berlín. Aunque no habíamos hablado en años, el email, disperso y cruel, no me había sorprendido; parecía en suspenso, como si hubiera sido escrito años atrás y sólo hubiera estado esperando a que yo lo abriera y lo leyera. El tono del email de Schmidt tampoco me había sorprendido. Schmidt había sido mi mejor amigo y confidente, mi compañero espiritual en el arte, la historia del arte y la crítica de arte, ambos interesados en el Renacimiento del Norte, específicamente el Manierismo holandés y, más específicamente aún, en la pintura *El abismo de San Sebastián*, del conde Hugo Beckenbauer, foco de nuestros primeros estudios y más tarde de toda nuestra carrera. La guía y el afecto de Schmidt, y luego nuestra profunda amistad, se fundaron en nuestro amor y adoración compartidos por *El abismo de San Sebastián*, por entonces una obra poco conocida de un artista poco conocido, y por tanto aún más emocionante. Habíamos hecho incontables viajes a Barcelona, donde estaba *El abismo de San Sebastián* (y aún está) expuesto junto a otras dos obras menores de Beckenbauer. En Barcelona contemplamos *El abismo de San Sebastián* en persona, la primera vez para asegurarnos de que la obsesión que compartíamos era auténtica y las demás veces por la obsesión en sí.

2

Leí y releí el email relativamente breve de Schmidt, llegando incluso a imprimirlo para poder subrayar párrafos específicos durante el largo viaje a Berlín. Imprimí tres copias, de hecho; dos para el vuelo y una para meterla en el equipaje en el caso de que ocurriera alguna pequeña desgracia: café derramado, una lágrima, páginas olvidadas en el baño y demás. Recordé que siempre podría imprimir una copia en el hotel en Berlín, y por un momento me sentí tonto, pero esa sensación pasó, porque habría sido absurdo *no* imprimir algo tan importante como la misiva en el lecho de muerte de mi confidente espiritual y artístico cuando tenía a mi disposición medios para hacerlo, así que imprimí tres copias para releer y subrayar, doblarlas y desdoblarlas o ignorarlas totalmente si me apetecía, era mi opción, pues la cuestión era *tener opción*, porque preveía que las próximas doce horas iban a ser un tormento: volar sobre el Atlántico condenado a la soledad de mis propios pensamientos, sin ganas de leer *nada más* que el email, totalmente ocupado en estudiar, analizar, interpretar (y probablemente malinterpretar) las nueve páginas del email relativamente conciso de Schmidt, un email que, para cuando aterrizáramos en Berlín, estaría sobado y gastado, meditado y enérgicamente escudriñado, porque no había hablado con mi mejor amigo, o sea, Schmidt, desde hacía más de diez años, trece para ser exactos, y Schmidt, siendo Schmidt, cuanto menos hablaba (o escribía) más revelaba sobre arte y crítica de arte, en su día nuestra brillante devoción común y luego nuestro motivo de enemistad, y, naturalmente, sobre el cuadro más sublime de la historia del hombre, *El abismo de San Sebastián*.

3

Schmidt tenía algunas ideas concretas sobre el arte, el lugar del arte en la vida de uno, cómo había que pensar y escribir sobre arte e incluso cómo debía reflejarse en los pensamientos más íntimos de uno. El arte, pensaba, y yo también, debía ser la pieza central de todo nuestro mundo. Schmidt no tenía paciencia para la gente que no apreciaba el arte en su más alta expresión y las consideraba personas tontas e irrelevantes, gente que, en su opinión, no tenía nada en común con él, con la que no había ninguna forma posible de relación y con quien la más breve conversación era una pérdida de tiempo. No reverenciar el arte y no considerar el arte como el logro más importante del ser humano las descalificaba inmediatamente para la amistad. Aún menos aprecio sentía por aquellos que tenían el arte en la más elevada y exaltada estima, pero eran demasiado perezosos o torpes, incapaces de escribir, y por tanto pensar, acerca del arte. Schmidt compadecía a esas personas, porque sus corazones, decía él, estaban en el lugar correcto, por decirlo así, pero carecían de la inteligencia para conducirse con soltura, y por tanto Schmidt las compadecía, más que descalificarlas completamente, si bien no las tomaba en serio en absoluto.

4

Era notorio que Schmidt odiaba a mis dos esposas, a la primera y a la segunda. Puede que él también tuviera algo que ver en el fracaso de mis dos matrimonios. He dicho notorio porque el odio de Schmidt a mi primera esposa y a la segunda era bien conocido en nuestro círculo de amigos. Cuando mi primera esposa admitió ante Schmidt durante una cena que el arte, y la pintura en particular, no le parecían especialmente emocionantes, Schmidt hizo una mueca de dolor, dejó el tenedor sobre el plato y suspiró dramáticamente; luego se excusó, explicando que tenía una cita que había olvidado y de la que se había acordado de manera repentina e inexplicable, pero dejando bastante claro que no había cita ninguna.

5

Nuestra prolongada amistad de décadas se había derrumbado cuando yo dije *aquello tan horrible.* Lo que en su momento pensé que era algo leve e inocuo, simplemente una opinión, era en realidad, como a Schmidt le encantó decirme, y recordármelo más adelante, *algo horrible*, una mancha en mi carrera relativamente libre de escándalos, un error garrafal y una indiscreción difícilmente perdonable. No sólo había dicho *aquello tan horrible*, dijo, sino que lo había escrito también, en mi cuarto libro, *Pastoral de la serpiente*, una exploración de la imaginería mitológica en *El abismo de San Sebastián*, y Schmidt me reprendió por escribir y decir *aquello tan horrible*, y más adelante declaró, casi con felicidad, que *aquello tan horrible* que había dicho y luego escrito me perseguiría durante el resto de mi carrera, la cual, en su opinión, tenía una fecha de expiración cada vez más cercana. No ocurrió así y, fuera lo que fuese tan horrible, según creía Schmidt, en *aquello tan horrible* que había dicho y luego escrito, pasó desapercibido para académicos, críticos, artistas e incluso amigos. Además, la estima en que se tenían mis opiniones no hizo sino crecer, y cuanta más aclamación recibía, más lamentaba Schmidt *aquello tan horrible* que había dicho y luego escrito en referencia a la pintura más brillante de la historia de la humanidad, *El abismo de San Sebastián*, algo de lo que no podía retractarme, insistía, porque lo había puesto por escrito en mi cuarto libro, *Pastoral de la serpiente*, y lo había repetido en mi quinto libro, *El afecto de Arlequín*. Seguí escribiendo un sexto libro, un séptimo y un octavo, todos populares, y todos dedicados a diseccionar diferentes aspectos de *El abismo de San Sebastián*, esa pintura gloriosa que nos había unido a Schmidt y a mí y del mismo modo había roto nuestra amistad.

6

Para nosotros, no había nada en la historia de la pintura equivalente a *El abismo de San Sebastián*, y todo intento de escribir sobre él era meramente un anhelo de lo inefable, algo trascendente que se escabullía en cada aproximación, y ambos experimentábamos una especie de sombría satisfacción ante el fracaso. Esta era la mejor razón para escribir sobre *El abismo de San Sebastián*, pensábamos, porque contemplar *El abismo de San Sebastián*, como le gustaba decir a Schmidt, era como mirar a Dios a los ojos, aunque ni Schmidt ni yo creíamos en Dios y tanto Schmidt como yo éramos fervorosos *no creyentes*. Yo creo en el arte, decía Schmidt, creo en óleos y en lienzos y en la *finitud inherente a la expresión humana*. Schmidt también decía que contemplar *El abismo de San Sebastián* era como si a uno le cortaran la cabeza con una hoja larga y roma. Mira las alas de las palomas, insistía, mira los rayos de la luz apocalíptica, imploraba, y que los apóstoles, el motivo central del cuadro, fueran en realidad ángeles o profetas o mensajeros de lo bueno o de lo malo, un asunto de constante debate académico, resultaba irrelevante. Schmidt y yo estábamos obsesionados con el apocalipsis porque estábamos obsesionados con *El abismo de San Sebastián*, y uno no podía estar interesado en *El abismo de San Sebastián* si no estaba interesado también en el apocalipsis, ya que dialogaban, una danza o un duelo, de manera no muy distinta a dos espejos uno frente al otro, y a veces Schmidt presionaba a críticos e historiadores que decían reverenciar *El abismo de San Sebastián* y les preguntaba si también amaban el apocalipsis o, en última instancia, si tenían un interés básico en el fin del mundo en todas sus radiantes facetas, y esta pregunta, esta *prueba de fuego*, era la mejor manera de determinar si un crítico o un historiador del arte sentía verdadera reverencia por *El abismo de San Sebastián*, porque deleitarse con una cosa (el cuadro) pero no con la otra (el fin del mundo) era, decía Schmidt, inimaginable y, al menos en su opinión, semejante a la mayor transgresión filosófica posible.

7

A veces Schmidt permanecía entre las sombras de la Galería Rudolf del Museu Nacional d'Art de Catalunya en Barcelona, temeroso de acercarse, no fuera que le invadiese una *avalancha de emociones*. Temo la *avalancha de emociones* que me invadirá si me acerco a *El abismo de San Sebastián*, decía. Si me acerco mucho a *El abismo de San Sebastián* me perderé, declaraba, y recuerdo no menos de tres viajes a Barcelona, al Museu Nacional d'Art de Catalunya, más específicamente a la Galería Rudolf, donde los vigilantes y docentes conocían nuestras caras y asentían respetuosamente sin decir una palabra, porque conocían nuestra obra y conocían nuestra obsesión, así como la deferencia que merecíamos tanto Schmidt como mis escritos sobre *El abismo de San Sebastián*, no menos de tres viajes para visitar, contemplar y estudiar *El abismo de San Sebastián*, en que Schmidt se negó a visitar, contemplar, estudiar o acercarse a *El abismo de San Sebastián* por temor a sus propias emociones, lo que él llamaba una *avalancha de emociones*. No es una pintura religiosa, sostenía Schmidt, y yo estaba de acuerdo. Pero su *ausencia* de religión, argumentaba, es lo que hace religioso al cuadro, casi super o hiperreligioso, y este sentimiento *aparentemente religioso*, este supuesto sentimiento *piadoso* o sentimiento *adyacente a lo piadoso*, que lo invadió no menos de tres veces, era la razón, sostenía Schmidt, por la que se había visto obligado a excusarse. Mi primer libro, *La purga del cielo*, examinaba la religiosidad de *El abismo de San Sebastián*, o, en otras palabras, la *ausencia* de religión en *El abismo de San Sebastián*, porque para creer, había escrito yo, uno debía en primer lugar rendirse a no creer, y *El abismo de San Sebastián*, con su sentido del dolor, su profunda premonición, sus emisarios de la fatalidad, era la obra de un artista que desafiaba la creencia, y por tanto un artista aliado con la no creencia.

8

Tres viajes a Barcelona, al Museu Nacional d'Art de Catalunya, a la Galería Rudolf, donde Schmidt permanecía junto a *El abismo de San Sebastián* o se excusaba por completo, y en una de esas tres ocasiones perdí a Schmidt, para luego encontrar a Schmidt afuera, bañado en sudor, con los hombros temblorosos, los ojos vacíos y espantados, culpando de su ausencia a su *avalancha de emociones*. Más adelante, mi primera esposa diría que la *avalancha de emociones* de Schmidt era teatro, que Schmidt fingía su *avalancha de emociones* para demostrar que *El abismo de San Sebastián* lo emocionaba y conmovía más de lo que me conmovía a mí, que su *avalancha de emociones* no era más que un cuento, decía ella, para probar que se encontraba más cerca de *El abismo de San Sebastián* que yo, que era más devoto que yo y le emocionaba más que a mí. Más adelante, yo también llegaría a creer que Schmidt fingía su *avalancha de emociones* para demostrar que *El abismo de San Sebastián* le conmovía más que a mí, con lo que confirmaba, al menos en su opinión, que su comprensión de *El abismo de San Sebastián* era más profunda y más honda, para establecer, al menos en su opinión, que había en la obra elementos y detalles, emociones y sutilezas que a mí se me escapaban. A veces, mientras contemplábamos *El abismo de San Sebastián*, miraba a Schmidt y veía los ojos de un fantasma.

9

El conde Hugo Beckenbauer nació en la Baja Sajonia, a orillas del río Weser, en 1512, hijo único de unos criadores de cerdos empobrecidos. Nunca fue conde y el título lo añadió cuando se marchó de la Baja Sajonia para dedicarse al arte. Convertirse en artista era lo último que sus padres esperaban de Hugo, que no era en modo alguno un conde, sino simplemente el hijo, por lo que podemos deducir, de unos míseros criadores de cerdos. Hasta donde sabemos, el conde Hugo Beckenbauer no tenía ninguna formación artística, ni protectores o mecenas dignos de mención. El conde Hugo Beckenbauer se marchó de la Baja Sajonia a la edad de diecisiete años, fue primero a Hamelín, luego a Bruselas, luego a Bremen y finalmente a Berlín, donde vivió el resto de su corta vida. Berlín es donde moriré, me decía Schmidt continuamente, mientras tosía, resollaba y se enjugaba las sienes con un pañuelo, y ahora yo estaba volando a Berlín para visitar a Schmidt en su lecho de muerte.

10

A veces Schmidt me enviaba mensajes de texto a altas horas de la noche, mensajes oscuros y crípticos sobre el fin del mundo. A veces yo ignoraba esos textos, pero con la misma frecuencia respondía, porque Schmidt conocía mi debilidad, sabía que no podría resistirme a discutir el fin del mundo, porque Schmidt y yo éramos insaciables cuando se trataba de hablar del fin del mundo. Esas conversaciones de textos podían durar horas, y desembocaban en llamadas telefónicas que inevitablemente se convertían en conversaciones de toda la noche sobre *El abismo de San Sebastián* –la primera vez que lo habíamos visto en un libro, los tonos profundos del burdeos, el nido con huevos de serpiente, los presagios que se hacían reales por medio de la pintura–, y a la mañana siguiente mi segunda esposa, que odiaba a Schmidt tanto como Schmidt odiaba a mi segunda esposa, veía mi rostro descolorido, mis ojos secos y faltos de sueño, y sabía que había estado toda la noche hablando con Schmidt sobre el fin del mundo, o sea, que habíamos estado toda la noche hablando de *El abismo de San Sebastián*. Has estado hablando con *ese hombre*, decía, porque mi segunda esposa siempre se refería a Schmidt como *ese hombre*, lo que en cierto sentido la hacía más caritativa que mi primera esposa, que simplemente llamaba a Schmidt *imbécil*, *gilipollas* o *capullo tedioso*.

11

Schmidt odiaba todo lo nuevo o moderno, especialmente en el arte. Yo era de los Estados Unidos, un país relativamente nuevo, decía Schmidt. Schmidt era de Austria, al que llamaba un país *antiguo*. Cada vez que Schmidt y yo discutíamos, invariablemente sobre arte y más específicamente sobre *El abismo de San Sebastián*, él recurría a llamar a los Estados Unidos nación de segundo orden, y explicaba que, habiendo nacido y crecido en los Estados Unidos, inequívocamente una nación de segundo orden, una sociedad que era como un niño letárgico, con una cultura de supermercado que era como un bebé balbuceante, mis opiniones sólo podían ser también infantiles, indulgentes y groseras, y, como los Estados Unidos, requerirían siglos, quizá eras, para madurar. Mi segunda esposa era profesora de arte moderno y crítica de arte moderno. Mi segunda esposa hablaba con entusiasmo de Lichtenstein y de Kooning y de Frankenthaler sólo para ver a Schmidt enfurecerse y luego *maldecir* categóricamente a Lichtenstein y a Kooning y a Frankenthaler. Mi segunda esposa llamaba a Schmidt *ludita*, y Schmidt sonreía, se atusaba el poblado bigote y decía que si ser un ludita significaba tener gusto entonces él era, con toda certeza, un ludita. Schmidt le decía a mi segunda esposa que ella dedicaba su vida a la *basura*. ¿Qué se siente, le preguntaba, al saber que has dedicado tu vida a la *basura*?

12

Después de imprimir tres copias del email relativamente corto de Schmidt, me senté en el sofá a esperar mi coche para el aeropuerto. No pude evitar leer el email una vez más, un email que había aparecido en mi bandeja de entrada como cualquier otro pero que tenía el peso de mil vidas. El tono y las palabras del email, tan de Schmidt, empapados de *schmidtismos*, me acusaban de incontables fechorías, de mediocridad y pereza intelectual, de no tomar nuestra amistad tan en serio como él; me llamaba *típico mentecato americano* y mencionaba una vez más *aquello tan horrible* que había dicho hacía ya tanto tiempo, primero en voz alta y luego en mi cuarto libro, *Pastoral de la serpiente*, y luego, un poco más adelante, en mi quinto libro, *El afecto de Arlequín*, *aquello tan horrible* que, afirmaba, era a la vez absurdo y carente de sentido. Schmidt también se regodeaba en que moriría en Berlín, como había predicho, igual que Max Liebermann y Adolph Menzel y Carl Blechen e innumerables artistas más que habían muerto en Berlín, pero, sobre todos ellos, el conde Hugo Beckenbauer. Berlín es el lugar de descanso de las mentes más grandes, escribía, principalmente el conde Hugo Beckenbauer y él mismo.

13

El conde Hugo Beckenbauer era lo que hoy llamaríamos *extravagante*. Le gustaba vestir una larga capa de terciopelo, botas de montar y un sombrero con plumas mientras paseaba por el Berlín de principios del siglo XVI. Hacia 1532 llevaba viviendo en Berlín tres años. Probablemente había contraído la sífilis poco después de su llegada, una dolencia que más adelante haría estragos en su cerebro, aunque le quedaban varios años de trabajo productivo por delante, un periodo del que salieron grabados, bocetos y una gran cantidad de pinturas de las que la más grande, *El abismo de San Sebastián*, afortunadamente sobrevivió. Beckenbauer, más o menos contemporáneo de Pieter Bruegel el Viejo, se anticipó al Renacimiento Temprano, aunque se relacionó con el Renacimiento Temprano, e influyó en él de un modo que Schmidt y yo fuimos los primeros en descubrir. Aunque notoriamente abstemio, al conde Hugo Beckenbauer le encantaba Berlín por su atmósfera propicia a las manifestaciones intelectuales y artísticas, y cada vez que vendía un cuadro gastaba el dinero en los burdeles y prostíbulos de los barrios más turbios de Berlín, a la busca de sexo venal tanto con mujeres como con muchachos jóvenes, porque el conde Hugo Beckenbauer, aunque no bebía en absoluto, era heterogéneo en lo referente a sus parejas sexuales. El conde Hugo Beckenbauer fue probablemente lo que hoy llamaríamos *adicto al sexo*.

14

El abismo de San Sebastián mide doce pulgadas por catorce, un cuadro pequeño sin duda, de hecho la obra de Beckenbauer más pequeña que ha sobrevivido. La pintó en un granero en las afueras de Düsseldorf durante uno de sus raros momentos de lucidez. Düsseldorf fue la ciudad en la que Beckenbauer se refugió huyendo de diversas deudas y cobradores de deudas. Una vez terminadas varias pinturas, volvió a Berlín para vender su obra, saldar sus deudas y fornicar. Ya cerca de la treintena, la sífilis le había privado de gran parte del uso de su mano izquierda y había deteriorado su aspecto exterior; se conservan algunos testimonios que describen a un Beckenbauer agotado recorriendo las calles polvorientas en busca de una amante, con unos ojos lechosos atisbando tras una manta de crin y un bastón tanteando el suelo frente a él. Beckenbauer se hizo tristemente célebre tanto en Düsseldorf como en Berlín, especialmente en los burdeles, donde Beckenbauer ofrecía viñetas, retratos y magras esculturas en madera a cambio de cualquier acto de intimidad, y sólo podemos especular si Beckenbauer pintaba para tener sexo o tenía sexo para estimularse a la hora de realizar las obras que tenía grabadas en la imaginación, esbozos cacofónicos de abismos profundos y mártires en éxtasis, las ruinas sagradas de lo que un día fue un glorioso paraíso, obras que perturbaban tanto como deleitaban y de las cuales la más grande, *El abismo de San Sebastián*, afortunadamente sobrevivió.

15

En la parte inferior izquierda de *El abismo de San Sebastián*, donde el borde del precipicio se encuentra con la pata del santo asno, se asientan torpemente las iniciales WFG. Schmidt y yo pasamos décadas tratando sin éxito de descubrir el origen de esta misteriosa dedicatoria, incontables horas escudriñando con avidez documentos históricos en archivos de toda Europa sin encontrar el menor rastro, el menor indicio de lo que significaban las tres letras. La firma de Beckenbauer, con su arco ascendente y su grandilocuente rúbrica, se encontraba en la esquina inferior derecha, igual que en las demás pinturas que se conservan, las dos obras menores de las que Schmidt y yo evitamos hablar, y en los diversos papeles que firmó durante su corta vida, que Schmidt y yo encontramos en las oficinas de Hacienda de Düsseldorf y Berlín junto con citaciones, actas judiciales y denuncias públicas referidas a distintas infracciones a la moral. Estas iniciales nos cautivaban tanto como nos frustraban, tres letras sin aparente significado, que contenían implicaciones desconcertantes y oscuras, letras que Schmidt prometió descifrar, aunque fuera lo último que hiciera. Aunque sea lo último que haga, me confió Schmidt una vez, paseando entre los bancos del parc de la Fontsanta, ejercitando sus pulmones enfermos y agitando los brazos como un pájaro mutilado, descubriré el contexto y el significado de las iniciales WFG.

16

El cuadro favorito de Schmidt, después de *El abismo de San Sebastián*, era *Minerva victoriosa sobre la ignorancia*, de Bartholomeus Spranger, no por su asunto o tema, decía él, sino por su uso de la luz, o, en palabras de Schmidt, *el uso dramático del color que cultiva el misterio*. Schmidt y yo estábamos obsesionados con el uso de la luz. También estábamos obsesionados con el uso de la oscuridad. Estábamos obsesionados con las sombras. Estábamos obsesionados con el espacio vacío y, al mismo tiempo, con el espacio lleno. Estábamos obsesionados con la ambigüedad, la ironía y la complejidad de la devoción, pero no una devoción religiosa sino una devoción por el arte, especialmente el arte que detallaba el apocalipsis. Estábamos obsesionados con la pintura, los óleos, los pigmentos, los lienzos y las vísceras de la pintura. Estábamos especialmente obsesionados con la pintura de los Primitivos flamencos y el Manierismo holandés, y de no habernos tropezado con el conde Hugo Beckenbauer en lo más profundo de un libro de texto poco conocido que nos asignaron en Oxford, en la Escuela Ruskin, donde Schmidt y yo nos conocimos, con toda certeza nuestras vidas habrían seguido caminos distintos, más probablemente los caminos de estudiar la pintura de los Primitivos flamencos o el Manierismo holandés, porque, después del conde Hugo Beckenbauer y *El abismo de San Sebastián*, no había nada que Schmidt y yo amáramos más que la pintura de los Primitivos flamencos y el Manierismo holandés. Pero nos tropezamos con *El abismo de San Sebastián* en lo más profundo de nuestro libro de texto en Oxford, en la Escuela Ruskin, donde nos conocimos, un milagro, una obra maestra, una joya temblorosa que, de no ser por mí y por Schmidt, nuestro descubrimiento, es decir, *El abismo de San Sebastián*, habría seguido siendo una simple nota al pie o una acotación en el mundo del Arte Renacentista, por lo que tropezarnos con *El abismo de San Sebastián* no sólo cambió el curso de nuestras vidas sino que transformó para siempre el mundo de la crítica del Arte Renacentista.

17

Mi cuadro favorito después de *El abismo de San Sebastián* es *La conversión de San Pablo*, de Caravaggio. Schmidt disfrutaba ridiculizando mi segundo cuadro favorito, comparando su segundo cuadro favorito, *Minerva victoriosa sobre la ignorancia*, con mi segundo cuadro favorito, y explicaba por qué su segundo cuadro favorito era superior a mi segundo cuadro favorito. Schmidt calificaba a Caravaggio de melodrámatico. Schmidt me acusaba de fetichizar y sobredimensionar a Caravaggio. Schmidt decía comprender muy bien por qué Caravaggio podía atraer a alguien como yo, un niñito americano poco curioso criado a los pechos de una cultura iletrada. Simpatizaba con mi necesidad de señales y simbolismo, porque, siendo americano, decía, no podía evitarlo, siendo americano, se apresuraba a añadir, estaba atrofiado y dañado, y debido a esa *tara geográfica* sufría una carencia de los nutrientes que se encontraban fácilmente en los *suelos antiguos de Europa*, Austria especialmente, con un suelo tan oscuro y fértil y anegado de tanta historia como uno podía desear, el reverso absoluto del *anémico suelo americano*, en el que lamentablemente me había criado, decía, una *tierra yerma*, la llamaba, un *abismo repulsivo*, añadía, una nación cuyo suelo estaba absolutamente desprovisto de beneficios nutricionales, carente de toda sustancia, una tierra sin duda llena de envoltorios de caramelos y condones y los residuos de todo tipo de crímenes, pero no de arte, no de historia, no de los ingredientes fundamentales que requiere el temperamento de un crítico importante.

18

El Gran Incendio de Estocolmo de 1625 duró tres días y destruyó todas las pinturas del conde Hugo Beckenbauer excepto *El abismo de San Sebastián* y las dos obras menores de las que intentábamos no hablar. Toda su obra había sido adquirida por un coleccionista sueco cuyo hogar ardió en el incendio, matando a la esposa del coleccionista y a sus tres hijos. Todo lo que Beckenbauer había pintado en Berlín y en la granja de Düsseldorf en medio de su sífilis avanzada fue pasto de las llamas, con excepción de *El abismo de San Sebastián* y las dos obras menores, que sobrevivieron milagrosamente intactas. A veces, Schmidt y yo imaginábamos cómo habrían sido el resto de los cuadros de Beckenbauer. Yo imaginaba obras de profunda alegoría, pinturas que invocaban la transformación espiritual a través del éxtasis formal. Schmidt imaginaba una colección de paisajes aburridos y sin inspiración, fardos de heno o límpidos arroyos o quizá campesinos hambrientos, todos pintados por un enfermo de sífilis avanzada que se deslizaba hacia un cisma de locura y dolor. No podía haber ninguna obra del conde Hugo Beckenbauer superior a *El abismo de San Sebastián*, insistía Schmidt, y yo me mostraba de acuerdo, porque estar de acuerdo con Schmidt resultaba más fácil que estar en desacuerdo con Schmidt. Aun así, visualizaba obras *superiores* a *El abismo de San Sebastián*, porque mientras yo buscaba y contemplaba lo posible, Schmidt rechazaba y maldecía lo posible, en el sentido de que cortejaba e invitaba a lo imposible.

19

Schmidt y yo evitamos pensar y hablar y escribir acerca de las dos obras menores del conde Hugo Beckenbauer tanto como nos fue posible, hasta que, tras una serie de exitosos libros y conferencias, nos resultó imposible *no* pensar, hablar y finalmente escribir acerca de las dos obras menores del conde Hugo Beckenbauer. Ambos estábamos de acuerdo en que las dos obras menores de Beckenbauer eran bastante mediocres; de hecho, Schmidt las consideraba abominables. En privado, Schmidt se refería a las dos obras menores de Beckenbauer como sus *cuadros del mono*, dando a entender que podía haberlos pintado un mono. En público, sin embargo, éramos más indulgentes. Schmidt y yo disfrutábamos de un gran éxito pensando y hablando y escribiendo acerca de Beckenbauer y *El abismo de San Sebastián*, ambos acreditados como descubridores de un maestro poco conocido, y sabíamos que algún día tendríamos que comentar sus dos obras menores, los *cuadros del mono*, como los llamaba Schmidt en privado. Finalmente, pensamos y hablamos y escribimos sobre las dos obras menores de Beckenbauer en términos muy generosos, tomando en consideración la época, la sífilis avanzada, las deudas de las que Beckenbauer huía y otros detalles, siempre abordándolas con cierta benevolencia, procurando, entre tanto, llevar el tema a *El abismo de San Sebastián* en cuanto era posible, a menudo poniendo el foco sobre él, para así mostrar las dos obras menores (o *cuadros del mono*) bajo una luz más favorable. En París, en el Centre Pompidou, hablamos de *El abismo de San Sebastián* durante un total de dos horas, y de las dos obras menores, en conjunto, durante menos de quince minutos, porque comentar las dos obras menores, o *cuadros del mono*, e incluso pensar en ellas, decía él en confianza, rebajaba y abarataba y mancillaba la única obra que importaba, o sea, *El abismo de San Sebastián*, y había muchas posibilidades, concluía, de que hablar de las dos obras menores, en esencia dejar de hablar de *El abismo de San Sebastián*, estuviera *destruyendo su alma*, y entonces Schmidt, con el bigote empapado de furia, sus pulmones emitiendo un silbido grave y húmedo, emprendía su paseo diario.

20

Las dos pinturas menores que sobrevivieron al Gran Incendio de Estocolmo no tenían título. Al principio, Schmidt y yo nos referíamos a esas obras como las *dos obras menores de las que intentamos no hablar*, simplemente porque no disfrutábamos, en ningún sentido, hablando de ellas. Más adelante empezamos a llamar a las pinturas sin título los *cuadros del mono*, después de que Schmidt declarase que podía haberlas pintado un mono y él y yo nos riéramos como hacíamos a menudo los primeros años, antes de que Schmidt contribuyera al fracaso de mis dos matrimonios y antes de que yo dijera *aquello tan horrible*. A menudo desearía que sólo *El abismo de San Sebastián* hubiera sobrevivido al fuego, decía Schmidt, y yo estaba de acuerdo. Las *dos obras menores de las que intentábamos no hablar*, que más adelante se convertirían, al menos para Schmidt y para mí, en los *cuadros del mono*, eran de hecho malas pinturas, objetivamente malas, obras cuya mera existencia amenazaba con aniquilar la gloria y el prestigio de *El abismo de San Sebastián*. Además, las *dos obras menores de las que intentábamos no hablar*, o *cuadros del mono*, hacían que la atención que se prestaba a la obra maestra de Beckenbauer resultara difícil de justificar. Si el hombre era tan brillante (nos decíamos haciendo de abogados del diablo) como Schmidt y yo afirmábamos mientras construíamos nuestras carreras sobre esa base, ¿cómo podía haber pintado *aquello*? Aun así, personas que sabían muy poco o incluso menos elogiaban y apreciaban las dos obras menores. De hecho, una persona o grupo de personas habían decidido que las dos obras menores eran lo bastante buenas como para colgarlas en la Galería Rudolf del Museu Nacional d'Art de Catalunya en Barcelona, suspendidas nada menos que a ambos lados de *El abismo de San Sebastián*, aunque

Schmidt admitía en privado que si dependiera de él las habría quemado muy feliz, quemado con regocijo y sin pensárselo dos veces, y además habría guardado las cenizas, decía, en una urna que colocaría en lugar prominente sobre la repisa de la chimenea de la residencia berlinesa en la que esperaba morir un día, una urna que serviría de recordatorio de los peligros de la mediocridad.

21

En contraste con *El abismo de San Sebastián*, las *dos obras menores de las que intentábamos no hablar*, o los *cuadros del mono*, son enormes y se ciernen grandes y abominables a ambos lados de *El abismo de San Sebastián* como hermanos irracionales, acosando y rodeando a su brillante hermano pequeño. Creo que los *cuadros del mono* existen para recordarnos la depravación del mundo, dijo Schmidt una vez. Creo que los *cuadros del mono* existen, repliqué, para recordarnos la muerte. Los *cuadros del mono* existen seguramente para contrarrestar la trascendencia y sublimidad de *El abismo de San Sebastián*, dijo Schmidt por su parte, para ilustrar la mediocridad de este mundo, cómo la mediocridad acecha y, en esencia, lo arruina todo, porque la mediocridad inevitablemente siempre lo arruina todo, y Schmidt continuaba en la misma línea, porque nada excitaba tanto a Schmidt como hablar de la mediocridad y de cómo inevitablemente lo arruinaba todo. La mediocridad es una enfermedad que siempre gana, decía, siempre ha ganado y seguirá ganando o, como mínimo, tomará la delantera, la mediocridad, decía, que es terrible ante la excelencia y la sublimidad y la auténtica belleza, que son, naturalmente, sus opuestos, pero que es *absolutamente inigualable* a la hora de aventajar y por tanto reprimir lo excepcional, de ahí que la mediocridad sea superlativa a la hora de extenderse y proliferar, y, debido a esto, debido a la capacidad sin rival de la mediocridad para aniquilar la belleza, siempre resultará victoriosa. Schmidt y yo lamentábamos las dos pinturas sin título del conde Hugo Beckenbauer, los *cuadros del mono*, las dos obras menores de las que intentamos no hablar durante el mayor tiempo posible, hasta que críticos y eruditos, y de hecho todo el mundo del arte, no pudieron esperar más y nos exigieron pensar, hablar y escribir sobre las dos obras menores del conde Hugo Beckenbauer, obras que, para Schmidt y para mí, carecían de toda seriedad formal y eran meras distracciones, antagonistas y enemigas de la belleza.

22

El abismo de San Sebastián, como todas las obras maestras, contiene multitudes. Está *impregnado* de color, pero enteramente *desprovisto* de color. No es un paisaje, aunque es ciertamente pastoral. No es religioso, aunque está lleno de simbolismo religioso: apóstoles, iconografía, el santo asno, un cielo rasgado por rayos divinos. Tratar de describir *El abismo de San Sebastián* con palabras es un acto de futilidad, de ahí la fascinación que *El abismo de San Sebastián* despertó en el joven Schmidt y en mí cuando encontramos una pequeña reproducción de *El abismo de San Sebastián* enterrada en nuestro libro de texto en Oxford, en la Ruskin. Sentados en pupitres contiguos, Schmidt y yo habíamos estado charlando sobre el fin del mundo mientras hojeábamos nuestro libro de texto, un tedioso volumen que dedicaba excesiva atención a Tiziano y al Hermitage. Me encontré con la reproducción de *El abismo de San Sebastián* acurrucada al final de la página y me detuve, aunque a Schmidt le gusta afirmar que fue *él* el primero que se encontró con la reproducción y se detuvo. Yo vi antes la imagen, aseguraba siempre, y te di un codazo justo cuando volvías la página. Sin embargo, yo recuerdo el momento exacto tal como lo describía Schmidt pero al revés. Fui yo el que se volvió, lo vio y dio el codazo, no Schmidt. De todos modos, la reproducción nos emocionó y le preguntamos a nuestro profesor por el conde Hugo Beckenbauer y más específicamente por *El abismo de San Sebastián*, y el profesor o bien no conocía a ninguno de los dos o no le interesaban, porque se limitó a encogerse de hombros y nos indicó que siguiéramos trabajando en nuestros artículos, el mío dedicado a las tablas de los Primitivos flamencos y el de Schmidt a Rembrandt y el Simbolismo de la Crisis.

23

El coche llegó para llevarme al aeropuerto, al avión que finalmente aterrizaría en Berlín, donde Schmidt yacía en su lecho de muerte. Doblé las dos copias del conciso email de Schmidt y las metí en el bolsillo de mi chaqueta mientras la ciudad pasaba en un borrón de neón y ruido. Mi segunda esposa solía reírse de *aquello tan horrible* que yo había dicho, y me decía que no era horrible en absoluto, que era simplemente mi opinión y además una opinión honesta. La evidente ira de Schmidt ante *aquello tan horrible* que yo había dicho y escrito resultaba absurda, decía ella, porque yo tan sólo había escogido un bando, algo que una persona estaba obligada a hacer en el mundo del arte: expresar una opinión, postular una teoría, y luego sostenerla con toda la fortaleza y tenacidad que uno pudiera reunir. Schmidt quiere que fracases, decía ella, tu fracaso sería el gran éxito de su vida. No mucho después de decir y escribir *aquello tan horrible*, Schmidt empezó a comportarse de forma diferente. El principio del fin, me di cuenta después, fue *aquello tan horrible*. Mi segunda esposa no le concedió mucha importancia a nuestro desacuerdo, lo consideró algo temporal, lo llamaba *una disputa*. Ella no lo entendía, me decía yo, obsesionada como estaba con el modernismo, el arte abstracto y la teoría feminista. Sus puntos de vista no contemplaban la historia, pensaba yo, no contenían ningún sentido del alcance de la pintura, mientras que el corazón de Schmidt y mi corazón abarcaban la amplitud de los siglos. ¿Acaso ella, razonaba yo, había considerado alguna vez el fin del mundo? ¿Acaso había estudiado alguna vez mi segunda esposa, reflexionaba yo, la violencia en *El abismo de San Sebastián*, sentido el peso de los pecados de la humanidad sobre sus hombros? ¿Acaso había mirado alguna vez mi segunda esposa a los ojos del santo asno de pie ante el precipicio, con la cabeza vuelta hacia el espectador, sus débiles pezuñas inestables sobre los guijarros ennegrecidos, y había visto reflejado en ellos su propio horror abstracto?

24

Schmidt y yo visitábamos a menudo museos en los que Schmidt chasqueaba la lengua violentamente ante el arte moderno. Schmidt no aprobaba el arte moderno, pero disfrutaba chasqueando la lengua violentamente ante el arte moderno. Schmidt, en frase famosa, decía que la pintura había estado a punto de morir en 1528 con la muerte de Matthias Grünewald, pero la habían salvado la pintura de los Primitivos flamencos, el Manierismo holandés y el Renacimiento. El arte murió definitivamente, decía, en 1906, con la muerte de Cézanne. En 1906 la pintura murió de una vez por todas, proclamaba, estuvo a punto de morir en 1528, pero fue resucitada, jadeante y desfigurada, para ser rescatada y reapropiada por la pintura de los Primitivos flamencos, el Manierismo holandés y el Renacimiento. Sobrevivió, de hecho, y prosperó, me explicaba a mí y a cualquiera que se acercase, a través del Barroco y más allá, hasta la muerte de Cézanne en 1906. Todo lo que vino después o no era arte o peor aún, era *basura*. Aun así, decía, al menos podemos divertirnos con esa *basura*. Es un hecho empírico, declaró una vez, que todo artista que estaba vivo el 31 de diciembre de 1905 dejó de ser artista a medianoche, es decir, que se levantó el 1 de enero de 1906 –un lunes, creo– y ya no era artista, porque todo lo que se pintó en adelante no era arte y más probablemente era *basura*. Schmidt decía que el cubismo le producía urticaria. Schmidt afirmaba que el expresionismo abstracto era un desorden mental. Schmidt decía que el cubo-futurismo y el dadaísmo eran obra de monstruos. Se comportaba de manera muy diferente en los museos que no albergaban *El abismo de San Sebastián*, lo que significa en todos los museos del mundo excepto el Museu d'Art de Catalunya en Barcelona.

25

La primera de las dos pinturas sin título, es decir, el primero de los dos *cuadros del mono*, ocupa ocho pies por veinte en la Galería Rudolf del Museu Nacional d'Art de Catalunya en Barcelona. Suspendido a la izquierda de *El abismo de San Sebastián* como un ávido jorobado con sobremordida, está impregnado de rojos y amatistas amoratados, representando, al parecer, una carreta en primer término de un camino boscoso. La carreta, delineada con espesos brochazos de un marrón tosco, evoca a un tiempo dolor y urgencia, sobre todo para el espectador. Lo que transporta la carreta (o carretilla) ha sido objeto de constante especulación. A primera vista parecen ser mazorcas de maíz, pero, tras una inspección más atenta, Schmidt y yo nos convencimos de que eran sacos de semillas o grano de algún tipo, y el tercer libro de Schmidt, *El descenso*, dedicó varios capítulos a explicar por qué la carreta, o carretilla, contenía sacos de semillas y no maíz. La pintura teje trazos de naturalismo en lo grotesco, y los espectadores no pueden estar seguros de si el sentimiento de repulsión que los abruma –o al menos nos abrumaba a Schmidt y a mí– fue intencionado o accidental. Hay poca destreza en la representación de la carreta y el camino boscoso, que dan la impresión de algo plano y sin desarrollar, o más bien una exhibición de incompetencia, porque en la carreta y en el camino boscoso no se ve la naturaleza o un reflejo de la realidad, sino a un artista anémico en busca de algo que no logra captar. Las flácidas pinceladas, los colores mal escogidos, todo sugiere un escaso talento. Al horror se añade el propio marco: dorado, empalagoso, un testimonio de mal gusto o carencia de buen gusto, que vienen a ser lo mismo. A veces, cuando visitábamos *El abismo de San Sebastián*, nos veíamos obligados a ponernos las manos ahuecadas a ambos lados de la cara para no ver la primera y la segunda *pintura del mono* y aislar el acto más sublime de la gloria humana, *El abismo de San Sebastián*. Algunos historiadores de arte afirmaban que tanto la primera como la segunda obra sin título habían sido pintadas más o menos en la misma época que *El abismo de San Sebastián*, algo que ni Schmidt ni yo podíamos tolerar, porque la idea de que aquellas atrocidades pudieran haber sido creadas en el mismo año, incluso en la misma década, nos producía náuseas en el alma. La verdad sea dicha, la idea de que hubieran sido pintadas por el mismo *hombre* era algo con lo que Schmidt y yo tendríamos que lidiar toda la vida, y raro era el momento en que pensábamos en las dos obras menores sin que la repulsión nos arañase la garganta.

26

Según algunos críticos, las dos obras menores del conde Hugo Beckenbauer implicaban que la grandeza y sublimidad de *El abismo de San Sebastián* eran *involuntarias*, una aberración, una llama de luz visionaria, y esto era algo con lo que Schmidt no podía vivir. No puedo soportar la idea de que *El abismo de San Sebastián* fuera un acto casual, decía Schmidt, es algo que no puedo aceptar, porque ¡imagínate crear algo tan sublime como *El abismo de San Sebastián* por puro *accidente*! A Schmidt y a mí nos atormentaba la perfección de *El abismo de San Sebastián* tanto como nos atormentaba la mediocridad de sus dos obras menores, sus *cuadros del mono*, que rodeaban a *El abismo de San Sebastián* y acosaban a *El abismo de San Sebastián* y perseguían al pequeño marco de *El abismo de San Sebastián* simplemente por su absurda ubicación, tan cerca de la pintura más grande de todos los tiempos, jadeando pesadamente a ambos lados de *El abismo de San Sebastián* como mirones idiotas o violadores frustrados que, al ver la belleza a su lado, perciben sus propios corazones horribles. *El abismo de San Sebastián* debería tener su propia pared, estábamos de acuerdo, quizá su propia galería, también estábamos de acuerdo, incluso su propio museo, estábamos de acuerdo por tercera vez, aunque sabíamos que eso era llevar las cosas demasiado lejos. Aun así, compartir la misma pared con aquellas dos monstruosidades, pensábamos, no sólo era un insulto, era un sacrilegio. Llamemos a las dos obras menores lo que realmente son, me exhortaba en privado, *abominaciones*. La indisputable belleza de *El abismo de San Sebastián* se contradecía tanto con las dos obras menores que durante años Schmidt consideró todo tipo de extravagantes planes para separarlos, incluso irrumpir en el museo, en la Galería

Rudolf, y destruir ambas obras, aunque Schmidt, que nunca había poseído una constitución fuerte, sabía que eso era imposible, porque cuando Schmidt no estaba escribiendo sobre *El abismo de San Sebastián* o meditando sobre *El abismo de San Sebastián* o hablando sobre *El abismo de San Sebastián* estaba recuperándose de un ataque de asma o de su letanía de dolencias autoinmunes, que incluían el síndrome Guillain-Barré, y, cuando estaba enfermo, Schmidt se sometía a diversas curas de reposo en ciudades balneario que llevaba frecuentando desde su juventud, centros de vacaciones y baños termales que bordeaban la Selva Negra y estaban esparcidos por toda Austria, y, décadas más tarde, hospitales privados en Berlín, a uno de los cuales volaba yo para verlo en su lecho de muerte.

27

En Oxford, en la Escuela Ruskin, Schmidt y yo nos hicimos rápidamente amigos debido a nuestra común fascinación por el fin del mundo y, poco después, nuestro descubrimiento de *El abismo de San Sebastián*, una pintura que, en nuestra opinión, *ilustraba* el fin del mundo, porque uno no podía contemplar los dobladillos de los apóstoles o mirar a los ojos al santo asno o, asimismo, meditar acerca de las manchas oscuras del cielo amoratado y no considerar el apocalipsis o Armagedón, en suma, el fin de los tiempos, porque Schmidt y yo nos mostrábamos ávidos e insaciables cuando se trataba del fin del mundo. Nuestros compañeros de clase sólo estaban interesados en convertirse en pintores, lo cual resultaba ridículo, puesto que no se había pintado nada bueno desde la muerte de Cézanne en 1906. Pintar, le decía yo a Schmidt, sin duda para impresionarle, era un ejercicio inútil, porque la pintura había muerto con Cézanne en 1906 y dedicarse a la pintura era como dedicarse a un oficio obsoleto, como hacerse deshollinador o pregonero, totalmente a contracorriente del mundo contemporáneo, y aunque Schmidt y yo pudiéramos parecer anticuados, éramos ciudadanos del mundo contemporáneo, vivíamos y respirábamos en el mundo contemporáneo, lo bastante como para darnos cuenta de que la pintura había muerto y que lo único que quedaba, por supuesto, era *escribir* sobre pintura, y escogimos dedicar nuestras vidas a *escribir* sobre pintura, específicamente sobre *El abismo de San Sebastián*. Con cada viaje al Museu Nacional d'Art de Catalunya en Barcelona, más nos sentíamos como arqueólogos visitando un área de excavación, cada ojeada a *El abismo de San Sebastián* era como abrir un magnífico sarcófago, porque cuando mirábamos los cielos pensativos como frutas picadas y el nido de huevos de serpiente y las enredaderas a lo largo de la escarpadura nuestras almas lloraban, almas suplicando ser liberadas de la mediocridad del mundo, y a veces, si Schmidt no andaba cerca, si Schmidt había salido a toser o a ejercitar sus pulmones caminando en círculos, yo lloraba literalmente a los pies de la pintura, convencido de que siempre había comprendido *El abismo de San Sebastián* a un nivel más profundo y devocional que Schmidt.

28

No siempre estoy seguro de lo que es el arte, le gustaba decir a Schmidt, pero siempre estoy seguro de lo que el arte *no es*. Esto lo decía en exposiciones por todo el mundo en las que a Schmidt y a mí nos invitaban a hablar. Caminando entre las pinturas, mientras chasqueaba la lengua violentamente, Schmidt informaba a todo el que quisiera oírlo de que lo que estaban viendo no era arte, y que había muchas posibilidades, añadía, de que fuera *basura*. La diferencia entre algo que no era arte y que fuera *basura* era prácticamente indistinguible, y a veces Schmidt consideraba que una pintura no era arte sólo para dar media vuelta y corregirse a sí mismo y decir que era *basura*. Otras veces, aunque raramente, Schmidt decía que una obra era *basura* y más tarde rectificaba y decía que simplemente no era arte. El arte es escaso, conveníamos, porque la humanidad ya no produce artistas; vivimos en un mundo de excrementos monótonos o de monotonía excremental, decíamos, la diferencia es irrelevante, porque la cuestión es que el mundo está anegado de monotonía a la vez que rebosante de excrementos, los excrementos y la monotonía esparciéndose en todas direcciones por un mundo que no ha embotado o socavado sino, de hecho, *aniquilado* la inspiración necesaria para crear artistas, cualquier cosa remotamente parecida a la inspiración necesaria para crear artistas ha sido totalmente aniquilada. Los artistas son como esas tortugas gigantes de las islas Galápagos, concluíamos, esas enormes tortugas que se han extinguido y nunca volverán.

29

A veces, cuando hacía visitas yo solo a la Galería Rudolf, me pillaban tapándome con las manos ahuecadas a ambos lados de la cara para no ver los *cuadros del mono*. Entonces explicaba que era una práctica común entre los mejores historiadores de arte. De hecho, les decía a mis oyentes, Schmidt hace lo mismo, porque proporciona la atención y concentración que los grandes maestros se merecen. Mis oyentes hacían lo mismo, se tapaban con las manos ahuecadas ambos lados de la cara, pero aplicaban la maniobra para concentrarse en los *cuadros del mono*, un acto inútil y absurdo que esencialmente bloqueaba la pintura más majestuosa y elevada de la historia de la humanidad en vez de aplicarla a la única pintura que exigía el bloqueo del arte malo, de la mediocridad y por tanto del resto del mundo, *El abismo de San Sebastián*.

30

Schmidt y yo ya disfrutamos del éxito a una edad muy temprana. Apenas salimos de Oxford, apenas salimos de la Escuela Ruskin, rápidamente recibimos elogios y a ambos se nos otorgó el reconocimiento de haber descubierto (o redescubierto) al conde Hugo Beckenbauer y *El abismo de San Sebastián*. Nuestros libros sobre Beckenbauer y *El abismo de San Sebastián* fueron calificados de *reveladores* y *pioneros* y no sólo cautivadores sino *profundamente cautivadores*, pues nuestros libros, en palabras de un crítico, *redefinían la teoría del arte y la crítica de arte sobre el Renacimiento Temprano.* Estábamos asombrados de la cantidad de dinero que museos e institutos y universidades pagaban por escucharnos, porque Schmidt y yo éramos relativamente jóvenes. Por entonces éramos las únicas autoridades en el conde Hugo Beckenbauer y *El abismo de San Sebastián*, aunque más adelante varios críticos siguieron nuestro camino. Su obra, sin embargo, resultaba anémica y descolorida, carente de la pasión, algunos dirían obsesión, que Schmidt y yo teníamos a manos llenas. Dos libros cada uno publicamos en otros tantos años para tratar el *éxtasis cósmico* en *El abismo de San Sebastián*, así como la *opresión* en *El abismo de San Sebastián*, porque la pintura, escribimos, vigorizaba tanto como destruía, inspiraba tanto como atormentaba, era una obra tan inocente como culpable, tan significativa como carente de sentido. Al igual que la vida, le gustaba decir a Schmidt, *El abismo de San Sebastián* es totalmente voluble y te tiende la mano incluso mientras te la aparta de un manotazo, la mano del espectador, se entiende. Estoy ante *El abismo de San Sebastián*, decía yo a menudo, y *El abismo de San Sebastián* es una pintura distinta cada vez. Todo esto ante multitudes en el Louvre y en el Smithsonian y en la Tate; volamos a

Ámsterdam y a Lisboa y a Buenos Aires, donde Schmidt, mientras se paseaba entre las obras del Museo Fortabat, chasqueó la lengua violentamente ante el arte contemporáneo y, resuelto y sin temor, insultó y criticó con estridencia, etiquetándolo todo de *basura* y *engendros* y *porquería*, e insinuó que esos *artistas*, y aquí escupió la palabra *artistas* con todo el vitriolo a su formidable alcance, deleitándose como siempre en su propia grandilocuencia, esos *artistas*, escupió, que carecen de erudición y de disciplina, esos supuestos *artistas*, despotricó, mejor estaban pintando casas o cercas, quizá trabajando para el gobierno local a un lado de la autopista en proyectos de embellecimiento, sí, nada más, una pasarela, ¡esos *artistas* deberían estar pintando o decorando una pasarela! El primer libro de Schmidt, *Agosto en rapsodia*, trataba del éxtasis místico de *El abismo de San Sebastián* y fue seguido catorce meses después por *Los evangelios del conde Hugo*, y, a pesar de estos títulos, ni los libros de Schmidt ni los míos trataban de religión, sino de la impiedad y el ateísmo y la *ausencia* de religión en *El abismo de San Sebastián*, porque Schmidt y yo no sólo éramos acérrimos partidarios de la crítica de arte secular sino descarados y devotos no creyentes, y en vez de en Dios creíamos en el arte, preferiblemente el arte que ilustraba el fin del mundo.

31

Casi todo lo que sabemos sobre la vida del conde Hugo Beckenbauer en Düsseldorf procede de las notas de su casera, Helga Heidel, la cual, por suerte para nosotros, llevaba un extenso diario. Helga Heidel era una viuda sin hijos, un alma benevolente que cuidó a Beckenbauer durante las fiebres y visiones que sufrió durante la sífilis avanzada al tiempo que hacía un detallado recuento de su vida cotidiana, tres diarios completos que ilustran los hábitos de Beckenbauer como pintor, sus *episodios*, como Heidel lo llama, y finalmente su expulsión de la ciudad. De acuerdo con Heidel, Beckenbauer era conocido por recorrer las calles embarradas de Düsseldorf cuando había habido alguna tormenta de verano, hablando con espíritus o demonios y buscando visiones místicas. A menudo, Beckenbauer se alteraba durante estos encuentros sobrenaturales, y los hacendados y funcionarios del pueblo se veían forzados a intervenir, a veces para encontrar a Beckenbauer en los bosques llevando sólo su sombrero de plumas y sus botas de montar. No tardó Beckenbauer en convertirse en un paria. En una de sus visitas a Berlín, escribe Heidel, Beckenbauer volvió con una prostituta con la que, insistía, planeaba casarse. Eso no hizo que dejara de mirar a las mujeres del pueblo, perseguir a los jovencitos y, si las fiebres venéreas eran lo bastante fuertes, defecar en la calle. La prostituta se marchó al cabo de unos días, escribe Heidel, no enfadada o disgustada sino simplemente aburrida del campo. Su retorno a Berlín, escribe Heidel, dejó a Hugo desolado. Escribe: *El pobre hombre sólo conocía a la ramera desde hacía una semana, y aun así está sufriendo. Se entrega a sus peores vicios, abandonándose a sus instintos más bajos, y persigue mujeres y merodea cerca del patio de la escuela. Una especie de frenesí irracional se apodera de él y cuando se cree preparado para pintar se dedica a hacer obras pequeñas y brutales, caricaturas bestiales de los vecinos añadiéndoles cuernos o colas, y cuando le pregunto qué está pintando murmura que pinta exactamente lo que ve, que él es, sostiene, el mensajero divino del apocalipsis.* Heidel añade que, a menudo, su *locura* precedía a los periodos creativos genuinos, cuando se instalaba en la granja para pintar enormes lienzos usando tiza, yema de huevo y diversos óleos caseros. Nuestro conocimiento de los detalles y, de hecho, de la existencia de otras obras proviene tan sólo de los diarios de Heidel. Por desgracia, el coleccionista sueco de arte que más tarde compró toda la obra de Beckenbauer no conservó registros o, si lo hizo, ardieron junto con el resto de su familia en 1625, y como consecuencia no conocemos la fuente de *El abismo de San Sebastián*. Del mismo modo, el primer y único catálogo crítico del conde Hugo Beckenbauer lo hicimos Schmidt y yo poco después de salir de Oxford y de la Escuela Ruskin, un catálogo crítico que, de hecho, es nuestra única publicación conjunta, nuestro debut en el escenario mundial, antes de los años productivos, antes de los incontables éxitos y las controversias y el desagradable fracaso de mis dos matrimonios y finalmente, quizá de forma inevitable, de nuestra posterior separación.

El primer libro de Schmidt, *Agosto en rapsodia*, fue muy celebrado en el mundo de la crítica de arte, feliz de loar y aclamar a una nueva voz (siempre con la esperanza de celebrar algún día la caída de esa nueva voz). *Agosto en rapsodia* contenía un prólogo mío, al igual que mis primeros tres libros llevaron prólogos de Schmidt. A menudo prologábamos o escribíamos epílogos y apéndices a las obras del otro para demostrar, especialmente al mundo del arte, que dos mentes distintas podían ponerse de acuerdo en la pintura más grande de la historia acercándose a la obra con enfoques diferentes. Yo, por ejemplo, creía que *El abismo de San Sebastián* era la pintura más grande de la historia debido al uso del color y la luz y la sugerencia de un apocalipsis benévolo. Schmidt, por el contrario, creía que *El abismo de San Sebastián* era la pintura más grande de la historia por su dominio tanto de la perspectiva como de la técnica. Schmidt estaba obsesionado con la técnica, y *Agosto en rapsodia* era un libro totalmente centrado en la técnica empleada en *El abismo de San Sebastián*; Schmidt esgrimía argumentos muy polémicos e innovadores para justificar la técnica utilizada en *El abismo de San Sebastián*, pintado en la granja de Düsseldorf mientras Beckenbauer sufría de sífilis avanzada, parcial o completamente ciego, obsesionado con el sexo y con solo la mano derecha útil, todo explicado por extenso, al detalle, exhaustivamente, sin dejar nada fuera, ninguna piedra sin remover, ningún argumento sin probar, porque Schmidt creía que cada aproximación *debía* probarse y cada piedra removerse, y por eso el primer libro de Schmidt, *Agosto en rapsodia*, tenía más de mil doscientas páginas, incluyendo algunas inconexas reflexiones sobre la técnica, digresiones filosóficas sobre la muerte y una detallada exposición de por qué *El abismo de San Sebastián* era la pintura más grande de la historia de la humanidad.

33

Mi primera esposa exigió ver a un consejero matrimonial. Mi primera esposa afirmaba que mi amor y adoración por Schmidt y, al mismo tiempo, por *El abismo de San Sebastián* resultaban exasperantes, y cuando ella estaba hablando, sostenía, yo no estaba allí, y tenía la mirada perdida, los ojos vidriosos, y cuando hablaba sabía que yo no la estaba escuchando sino que pensaba en Schmidt o en *El abismo de San Sebastián* o en el fin del mundo o quizá en las tres cosas, porque, afirmaba, yo tenía un defecto, una tara, que me hacía pensar sólo en Schmidt o en *El abismo de San Sebastián* o en el fin del mundo o quizá en las tres cosas. Te preocupas más por esa puta pintura que por mí, decía, y yo no respondía, y si respondía no recuerdo qué decía. De todos modos, me negué a ver a un consejero matrimonial, y no mucho después me fui de gira para presentar mi segundo libro, *El dobladillo de los apóstoles*, un libro que examinaba el uso de la luz opaca y las sombras parpadeantes en los dobladillos de los apóstoles en *El abismo de San Sebastián*, el punto central o núcleo de la obra, una fuente de infinita fascinación y seguramente mi segundo aspecto favorito del cuadro después del santo asno, y cuando volví de mi gira de presentaciones mi esposa no sólo se había ido del país sino que había pedido el divorcio.

34

Schmidt se granjeó un montón de enemigos por llamar al arte no arte o *basura*. Muchos de esos artistas aún estaban vivos y obviamente se sintieron ofendidos por el hecho de que Schmidt ridiculizara o despreciara su trabajo como no arte o *basura*, y a su vez ridiculizaron o despreciaron *El abismo de San Sebastián*, invalidando así el trabajo de toda una vida de Schmidt. Yo intenté mantenerme al margen de esas polémicas, pero en algunas conferencias y simposios me preguntaban mi opinión sobre los comentarios de Schmidt y si yo estaba de acuerdo en que todo el arte, especialmente a partir de 1906, era *basura*. Retrospectivamente, parece inevitable, acosado como estaba por continuas preguntas, que algún día iba a decir *aquello tan horrible*, y finalmente lo hice, en respuesta a una pregunta en una conferencia, y poco después incluí *aquello tan horrible* en mi siguiente libro, *Pastoral de la serpiente*, y un poco después, reiteré *aquello tan horrible* en otro libro, *El afecto de Arlequín*, sin tener ni idea de que Schmidt lo encontraría *tan horrible*, lo bastante horrible como para que se divorciara de nuestra amistad, renunciara y abandonara toda nuestra historia, no de una manera inmediatamente evidente sino por etapas, a lo largo de tres o cuatro años, al principio haciéndonos comentarios sutiles a mí o a mi segunda esposa, de modo que sólo mucho más tarde, en retrospectiva, me di cuenta de que *aquello tan horrible* era lo que le había ofendido, ofendido tanto que Schmidt se vio obligado a reexaminar toda nuestra historia, exhaustivamente, de dos décadas en aquel momento, aunque a veces daba a entender que quizá aquello que yo había dicho y más tarde escrito podía ser retirado, rectificado y disculpado, aunque nunca lo expresó directamente. Y cuando finalmente me di cuenta de que *aquello tan horrible* que yo había dicho y escrito era la causa de nuestra ruptura ya era demasiado tarde; había dicho y escrito demasiadas cosas en apoyo de *aquello tan horrible* como para poder rectificar algún día.

35

La primera vez que Schmidt y yo contemplamos *El abismo de San Sebastián* en persona nos quedamos abrumados. Aún estudiantes, habíamos pedido prestado el dinero para volar desde Inglaterra a España sin ningún plan sobre cómo devolverlo. En la Galería Rudolf nos plantamos ante la obra, inmóviles, con los nervios palpitando, las almas vencidas, conquistados por lo que Schmidt llamó *la inagotable superabundancia de El abismo de San Sebastián*: el color y la destreza, la callada violencia, las pinceladas alucinatorias que parecían, al menos nos lo parecían a nosotros, la carne sacrificada de Beckenbauer. Los detalles que habían permanecido invisibles en el libro de texto nos reventaron limpiamente los tímpanos en persona, porque Schmidt y yo convinimos en que era la única pintura que habíamos visto nunca que *producía sonido*. Sentimos que Beckenbauer nos llamaba desde más allá de la tumba, exhausto, lúgubre, una voz cargada de angustia, pero alegre también, como un coro de ángeles, o más bien, ya que Schmidt y yo éramos vigorosamente no creyentes, como el *equivalente* a un coro de ángeles, suene como suene el *equivalente* a un coro de ángeles, una sinfonía de una orquesta o quizá la colisión en pleno vuelo de dos aviones comerciales. En todo caso, contemplamos la pared del precipicio y el santo asno y un cielo que temblaba con una agitación silenciosa. Contemplamos las opulentas capas densamente pintadas que dejaban claro a cualquiera que supiera un mínimo de arte, de pintura en particular, y a cualquiera que tuviese el gusto más exigente, que estaban mirando una obra maestra, y sin previo aviso me eché a llorar como no había llorado en toda mi vida. Lloré y temblé como si el mundo hubiera cobrado un nuevo significado o el significado del mundo se hubiera revelado finalmente, no sé cuál de las dos cosas, pero cualquiera que tuviera alma o un corazón latiendo no podría hacer otra cosa *sino* llorar a los pies de *El abismo de San Sebastián*. Y miré al santo asno a los ojos, elegíacos y sombríos, y miré también la pared del precipicio, el cuadro no muy distinto del pasadizo a alguna frontera donde las cosas eran planas, el tiempo y también los objetos, y los recuerdos poseían la suave y aterciopelada consistencia de los sueños, no un lugar feliz pero tampoco un lugar triste, lo cual ya es algo en sí mismo, y vi el fin del mundo, el borde con púas de la nada, y no era algo a lo que hubiera que temer sino algo en lo que deleitarse. Me sequé las lágrimas y miré a Schmidt, que parecía perturbado por mis demostraciones; chasqueó la lengua y sacó su cuaderno de campo y empezó a tomar notas. Más tarde me reprendió, dijo que sufría de *hipersensibilidad* y que esa *hipersensibilidad* me impediría progresar como crítico de arte o mataría cualquier oportunidad de convertirme en un crítico de arte que valiera la pena. Si quería llegar a ser un crítico de arte que valiera la pena, me aconsejó, entonces sería mejor que le echara un buen vistazo a mi alma. Me dijo que *El abismo de San Sebastián* era de hecho el mejor cuadro que existía y había reemplazado a su pintura favorita, *Minerva victoriosa sobre la ignorancia*, en cuanto le había echado la vista encima. Sí, declaró, *Minerva victoriosa sobre la ignorancia* es ahora mi *segundo cuadro favorito*, pero llorar, dijo, esos *melindres* y esos fuegos artificiales, todo el despliegue, no sólo resulta embarazoso sino poco práctico, y, años después, cuando Schmidt se vio abrumado por su *avalancha de emociones*, hizo lo que es decente y civilizado, se jactó, que es disculparse. Pero en nuestra primera visita dijo, dándose golpecitos en la sien, que una obra maestra debía tocar la mente, no el corazón. Deja al corazón fuera de esto, había dicho Schmidt, en cuanto anda por medio el corazón ya no eres un crítico sino un *espectador*, y dijo la palabra *espectador* como si fuera lo peor que podía ser una persona.

36

A veces, en la Galería Rudolf, mientras nos tapábamos con las manos ahuecadas ambos lados de la cara para no ver los dos *cuadros del mono*, Schmidt y yo hablábamos sobre el fin del mundo, un tema que nos fascinaba infinitamente. Ahuecando las manos para defenderme de las monstruosidades de las obras menores de Beckenbauer, le decía a Schmidt que el fin del mundo me había fascinado desde la niñez, aunque no podía recordar el origen de esa fascinación. El apocalipsis siempre había fascinado a Schmidt, explicaba Schmidt, porque el *fin* de las cosas era todo lo que importaba, el *fin* de las cosas siempre era más interesante que el principio o el medio, porque aquí estamos en este momento, decía, en medio de las cosas, y no es interesante, de hecho es bastante tedioso y aburrido. Y el principio, declaraba, olvídalo, nunca conoceremos el principio porque no estábamos allí y nadie que conozcamos estaba allí, así que es todo especulación. Quitándome las manos de los lados de la cara, le dije a Schmidt que el fin del mundo podía verse y sentirse en *El abismo de San Sebastián*, y a veces el mero hecho de entrar en el Museu Nacional d'Art de Catalunya en Barcelona, sabiendo que pronto estaría cara a cara con *El abismo de San Sebastián*, me enervaba, porque muy pronto iba a volver a contemplar la aproximación más cercana al apocalipsis que ningún artista hubiera conseguido jamás. Los precipicios ennegrecidos que ocupan toda la parte inferior, expliqué, y el cielo color carbón rasgado por los relámpagos eran signos reveladores del Armagedón. Y qué decir del santo asno, preguntaba Schmidt, porque Schmidt sabía que yo sentía debilidad por el santo asno, sabía que tenía fuertes sentimientos hacia el santo asno, específicamente los reflejos en los ojos del santo asno, y, es más, estaba empezando a trabajar en un libro dedicado expresamente al santo asno, un libro sobre el simbolismo del santo asno en *El abismo de San Sebastián*, que incluiría, por supuesto, reflexiones sobre los reflejos en los ojos del santo asno. Los ojos del asno, dije, aunque llenos de tranquilidad, reflejan o bien un cielo cargado de devastación o el colapso de la ciudad de Jerusalén, no puedo estar seguro de cuál de los dos, porque a veces el asno parece estar mirando al cielo y otras veces el asno parece estar mirando el paisaje ardiente con profundo pesar, pero me veo a mí mismo y a toda la humanidad en los ojos del santo asno, ojos saturados de significado, cargados con el peso de la civilización. En cualquier caso, continué, los reflejos muestran un paisaje que entra en el fin de los tiempos, rápidamente además, y resulta desconcertante cómo Beckenbauer captó y evocó esos reflejos tan cargados en los ojos de la criatura, y años más tarde, sentado en el avión, acercándome a Berlín y al lecho de muerte de Schmidt, sentí pena por aquellos días felices en los que hablábamos sin pretensiones sobre los temas más resplandecientes del mundo y los temas más cercanos a nuestros corazones: el conde Hugo Beckenbauer, *El abismo de San Sebastián* y el fin del mundo.

37

La Galería Rudolf fue construida en 1975 en un intento de reunir en un único espacio en Barcelona todo el arte Renacentista del siglo XVI donado al Museu Nacional d'Art de Catalunya por coleccionistas privados. Finalmente se convirtió en un ala adicional adyacente a la extraordinaria biblioteca del museo. Desprovista de luz natural, es un espacio sombrío y estoico, discreto y de buen gusto, a unos pasos de la famosa fuente de Montjuic y a unos pasos, en dirección contraria, de la ya mencionada extraordinaria biblioteca. Schmidt y yo nunca nos molestamos en estudiar las demás obras colgadas en la Galería Rudolf, obras de fervor religioso de los Países Bajos, no malas por supuesto, pero tampoco buenas, y corríjanme si me equivoco, decía Schmidt, pero si estás en presencia de la expresión artística más grande jamás realizada, ¿para qué molestarte en volver la cabeza para ver la mediocridad escogida por unos extraños para acompañarla, historiadores del arte que obviamente *respetaban* al conde Hugo Beckenbauer y a *El abismo de San Sebastián*, pero no sentían nada, de un modo u otro, ni por el conde Hugo Beckenbauer ni por *El abismo de San Sebastián*? Y el acto de volver nuestras cabezas, conveníamos Schmidt y yo inconscientemente, era un esfuerzo demasiado grande, demasiado estéril y fútil como para considerarlo, y cuando Schmidt, en tres ocasiones, huyó de su *avalancha de emociones*, dudo de que en algún momento se tomara el tiempo de mirar a su derecha o a su izquierda, donde colgaba una selección de arte Renacentista de los Países Bajos, e incluso yo, cuando me inclinaba para atarme un zapato o daba instrucciones o sacaba un pañuelo, evitaba volver la cabeza a derecha o a izquierda para no tener que ver esas obras menores de los Países Bajos que insultaban a *El abismo de San Sebastián* con su mera proximidad a *El abismo de San Sebastián*, y sin siquiera decirlo en voz alta pensábamos que volver nuestras cabezas a izquierda o derecha y reconocer las otras obras de los Países Bajos en la Galería Rudolf sería de algún modo lo mismo que admitir la derrota, lo que era lo mismo que creer o aceptar que se había creado arte *después* de 1906, esto nunca lo dijimos pero lo sentimos ambos, Schmidt y yo, es decir, un sentimiento intrínsecamente obedecido, y más importante que ahuecar las manos a los lados de la cara para no ver las dos obras menores, o los *cuadros del mono*, fue nuestra negativa durante décadas a volver nuestras cabezas y mirar a derecha o izquierda en la Galería Rudolf.

38

Schmidt y yo estábamos obsesionados no sólo con el Renacimiento del Norte y el Manierismo holandés sino también con la escuela flamenca con su pasión por el ideal y lo sublime. Nuestra obsesión se extendía también al arte medieval, *especialmente* el arte medieval, porque, en palabras de Schmidt, el arte medieval propugna, incluso declara, el triunfo de la muerte, el arte medieval, decía Schmidt, retrata a una humanidad que vislumbra perpetuamente el apocalipsis en toda su sensualidad, y con acierto. Sí, decía él mientras huíamos del estilo Tudor y el ladrillo de Oxford, los frondosos y cuidados jardines y las suaves pendientes, Schmidt y yo internándonos por los caminos boscosos cerca de la Ruskin, paseando más allá de la Escuela Ruskin para evitar a nuestros tediosos compañeros de clase de Ruskin, nuestros tiernos corazones, o sea, el de Schmidt y el mío, ardiendo de amor por el arte, los dos recordando un tiempo en que el arte aún existía, pensando en el tiempo anterior a 1906 o, para ser más específicos, cualquier tiempo anterior al 23 de octubre de 1906, porque ese fue el día en que Cézanne murió de neumonía, y Schmidt se ponía a hacer sus ejercicios de respiración, haciendo trabajar sus pulmones con profundas aspiraciones de aire y conteniendo el aliento el mayor tiempo posible, con sus delgados brazos extendidos y haciendo molinetes, técnicas que había aprendido de niño mientras hacía una cura en Heringsdorf, donde en aquella época también residía un poeta apenas unos años mayor que Schmidt, un poeta que sufría de *verfolgte lunge* (pulmón fantasma), la dolencia en su estado más debilitante. Sin hacer notar su presencia, Schmidt siguió al poeta durante sus paseos matinales, imitándole durante semanas hasta que dominó los ejercicios del poeta, las exhalaciones agresivas, casi violentas, el taponamiento de cada fosa nasal, una cada vez o conjuntamente, seguido de una letanía de extrañas toses y otras acciones ya alegremente ridiculizadas por nuestros compañeros de estudios; Schmidt tenía una devoción religiosa por esos ejercicios respiratorios que, sostenía, le resultaban indispensables y eran lo único que lo alejaba de las puertas de la muerte. La muerte del poeta la temporada siguiente había causado una enorme impresión al joven Schmidt, pues Schmidt alimentaba la creencia de que, después de los pintores, los poetas poseían las almas más reflexivas y filosóficas, es decir, los pulmones más frágiles, porque el signo de un alma profunda, decía, son los problemas pulmonares, pulmones incapaces de consumir la vida al ritmo que sus corazones más ansían, y cuando conozco a alguien con los pulmones delicados, decía, con pulmones temperamentales, añadía, con pulmones aquejados por la perpetua amenaza del colapso, sé que he conocido a una persona en profunda armonía con lo sagrado, y, deambulando por los bosques cercanos a Oxford, yo consideraba la profunda familiaridad de Schmidt con el arte medieval y la Edad Media, en otras palabras, la profunda familiaridad de Schmidt con la enfermedad y la muerte, porque la muerte rondaba perpetuamente sobre la vida de Schmidt, igual que había rondado sobre la Edad Media, una era, en palabras de Schmidt, abundante en plagas y agonía y dolor, *Dios mío, el dolor*, exclamaba, y como resultado, decía Schmidt, la Edad Media fue un periodo de expresión artística sin parangón, porque aquellos artistas medievales creían que el fin de los tiempos se acercaba, que Satanás había llegado y que por diversas razones, ya fuera por algo que habían hecho o algo que no habían hecho, o quizá por la mezquina naturaleza de Dios, el fin del mundo estaba llamando a sus puertas, y así se crearon las pinturas más grandes, más sobrecogedoras. No puedes crear arte sublime, decía Schmidt, *arte eterno*, añadía, si crees que habrá un mañana, y yo, mientras paseaba junto a él, asentía de todo corazón. Uno debe pintar, decía, creyendo que el Anticristo se pasea por el pueblo de al lado.

39

Además de la evidente falta de destreza y de técnica en la obra sin título colgada a la izquierda de *El abismo de San Sebastián* en la Galería Rudolf en Barcelona, está la mediocridad que salta del lienzo, la abrumadora sensación de que la obra fue pintada por una persona que carecía tanto de instrucción formal como de cualquier sentido de la simetría. Una obra que no *coquetea* con la ineptitud, decía Schmidt, sino que *se ahoga* en la ineptitud, al igual que en la incomprensión y el mal gusto, a tal punto que me repugnan físicamente esos dos monstruosos *cuadros del mono* que no tienen derecho a exhibirse junto a la pintura más magnífica y refulgente de la historia de la humanidad, y me gustaría prenderles fuego a ambos y luego quedarme a ver cómo se consumen y celebrarlo, continuaba Schmidt, sí, celebrar que finalmente *El abismo de San Sebastián* era el hijo único que siempre debió ser, no el mayor o el más joven o el de en medio, el hijo rechazado, el hijo despreciado, el hijo desventurado arrastrado perpetuamente por las cunetas por sus hermanos imbéciles, es decir, las dos obras menores o *cuadros del mono*, no, decía Schmidt mientras la tensión crecía en su rostro, gesticulando exageradamente, eufórico, con los ojos fijos y desafiantes, *El abismo de San Sebastián* sería el gran ave fénix, resurgiendo más alto y más resplandeciente que el *Nacimiento de Venus* o la *Mona Lisa* o incluso *Minerva victoriosa sobre la ignorancia*, mostrando al mundo del arte lo que era una obra maestra, y luego, agotado por la emoción, Schmidt se taponaba la fosa nasal derecha o la izquierda y empezaba a pasearse en círculos mientras agitaba el brazo derecho o el izquierdo. Yo también detestaba los *cuadros del mono*, el primero de los dos *cuadros del mono* más que el segundo, el cual, al menos, daba el respiro de un espacio en blanco en lo que parecía una naturaleza muerta fallida, mientras que la primera de las dos obras sin título, o *cuadros del mono*, asaltaba al espectador con una agresión casi constante, con la carreta y los castaños que parecían pintados por un estudiante de arte primerizo con las retinas desprendidas. Schmidt, sin embargo, prefería el primero de los *cuadros del mono*, el que estaba al lado izquierdo de *El abismo de San Sebastián*, sobre el segundo, porque, en sus palabras, la fealdad y el horror son tan descarados que uno tiene que imaginar el valor que demostró Beckenbauer, sifilítico y con una mano inútil, casi ciego, al ir dando tumbos por las calles empedradas de Berlín o los caminos llenos de barro de Düsseldorf intentando vender esa colosal monstruosidad.

40

Mientras volaba sobre el Atlántico, cerré los ojos y recordé el éxito que había tenido mi segunda esposa con su biografía crítica de Paul Klee. Unido a *aquello tan horrible* que yo había dicho y escrito, el éxito de mi segunda esposa fue simplemente demasiado para Schmidt. A pesar de que Schmidt estaba disfrutando de su propio éxito con su cuarto libro, *La granja*, libro que examinaba los diarios de Helga Heidel y la cima creativa de Beckenbauer en la granja de Düsseldorf en la que presumiblemente pintó *El abismo de San Sebastián*, Schmidt no podía pasar por alto *aquello tan horrible* que yo había dicho y escrito, ahora empeorado y aumentado y decididamente agravado por la biografía crítica de Paul Klee de mi segunda esposa y el éxito que estaba disfrutando, y cuanto más se vendía su libro sobre Klee y más se elogiaba y comentaba su libro sobre Klee, más se esforzaba Schmidt en despedazar a Klee y llamar a Klee insignificante y estúpido y arrojar vitriolo sobre el arte abstracto, especialmente el cubismo, al que llamaba pintura de dedos para diletantes y aficionados ciegos, aficionados que de algún modo se las habían arreglado para levantar su dedo corazón *mientras* pintaban con los dedos y mostrárselo con estúpido regocijo al arte verdadero y a la técnica formal. A Schmidt lo irritó tanto el éxito de mi segunda esposa que sus llamadas nocturnas sobre el apocalipsis, una arraigada tradición, una rutina que yo había llegado a disfrutar y a depender de ella, paseándome en zapatillas por el salón, comentando el triunfo del fin de los tiempos y la estima en que se tenía a nuestros maravillosos libros sobre *El abismo de San Sebastián* y el fin de los tiempos, se volvieron escasas y aleatorias hasta que finalmente las llamadas telefónicas cesaron por completo.

41

Schmidt y yo protestábamos a menudo por la distribución del arte en la Galería Rudolf, quejas registradas por escrito bajo la forma de prolijas parrafadas dirigidas a los funcionarios y patrones y a la interminable burocracia del Museu Nacional d'Art de Catalunya, aunque también nos asegurábamos de elogiar el buen gusto de la iluminación y el excelente comisariado del museo a la vez que expresábamos nuestros sentimientos respecto al arrinconamiento de *El abismo de San Sebastián. El abismo de San Sebastián* está siendo *arrinconado*, decía Schmidt en persona o por medio de una queja formal, y yo hacía lo mismo. Está siendo *arrinconado* por otras pinturas, decía yo, las dos obras menores con sus empalagosos marcos dorados, colocados equidistantes de *El abismo de San Sebastián* pero *demasiado* cerca y por tanto *acorralando* a la gran obra maestra, impidiendo a la gran obra maestra respirar y simplemente *ser*, y debido a esto, debido a la horrible distribución del arte, lo que Schmidt llamaba el *arrinconamiento*, *El abismo de San Sebastián* se está *ahogando*. ¿Es que no ven que *El abismo de San Sebastián* se está *asfixiando*?, se lamentaba Schmidt ante el personal del museo, a veces aprovechándose de su notoria afección pulmonar para exagerar su tos, que sonaba a gravilla pisada o a aparato defectuoso, y debido a nuestro prestigio trataban de aplacarnos y seguirnos la corriente y ni una sola vez hubo nada parecido a una confrontación, cosa que, suponía yo, Schmidt habría disfrutado, y me lo imaginaba atusándose el poblado bigote mientras denunciaba el diseño de la Galería Rudolf con las dos monstruosas obras de Beckenbauer equidistantes de la gran obra maestra, y bueno, sí, le oí decir a Schmidt: las pinturas de los Países Bajos de la pared de enfrente son decentes, incluso valiosas, pero el *arrinconamiento*, el *arrinconamiento*, chillaba, ¿es que no ven que *El abismo de San Sebastián* está siendo acosado y arrinconado y *asfixiado*, es que no ven que se está *muriendo*? La interminable burocracia que podía decirse que *ayuda* a un museo a funcionar y prosperar era, en nuestra opinión, la misma burocracia que *paralizaba* el Museu Nacional d'Art de Catalunya, haciendo virtualmente imposibles simples peticiones de que un cuadro no fuera hostigado, *arrinconado* o *asfixiado*, y debido a esto, debido a lo que llamábamos el *arrinconamiento* y la *asfixia* de *El abismo de San Sebastián*, siempre sentimos que a la obra no se le concedían la soledad y el prestigio que merecía.

Nadie discutía que la pieza central, o núcleo, de *El abismo de San Sebastián* era la cadena de apóstoles que ascendían flotando hacia un cielo crepuscular. Estos apóstoles, pintados con amorosa deferencia y técnica incomparable, fueron objeto del mayor escrutinio en el mundo del arte, y algunos afirmaban que cada apóstol representaba uno de los pecados de la humanidad. *Los pecados de los santos de Hugo*, del crítico francés Tristan Molyneaux, un libro bastante apático, en opinión mía y de Schmidt, adoptaba esa postura, y Molyneaux dedicaba docenas de páginas a cada apóstol y al presunto *desliz humano* que supuestamente encarnaba el apóstol. Schmidt y yo detestábamos a Molyneaux y evitábamos a Molyneaux y cada vez que nos encontrábamos con Molyneaux en diversos simposios y exposiciones abarrotados de críticos de arte tortuosamente satisfechos de sí mismos, por no mencionar a sus inevitables gorrones, Schmidt siempre se paraba a insultar a Molyneaux, y llamaba a Molyneaux tonto, idiota y simplón. Tristan Molyneaux ni siquiera tendría tema para su libro ilegible si no fuera por nosotros, le decía yo a Schmidt, y a Schmidt, como esperaba, le complacía mi perspicacia. Fuimos nosotros los que descubrimos a Beckenbauer en la Escuela Ruskin, continuaba yo; de no ser por nosotros y nuestro buen ojo para los maestros ignorados, Beckenbauer y *El abismo de San Sebastián* sólo serían una nota a pie de página en el mundo del arte, y además, decía yo, el terrible libro de Molyneaux no existiría. Schmidt asentía nuevamente y, en un tono más bien conspirativo, censuraba el libro de Molyneaux, al que ni siquiera llamaba docente sino *aprendiz* de docente, que era la peor indignidad imaginable, ya que la opinión de Schmidt sobre los docentes era bien conocida, y luego Schmidt flagelaba la invocación de Molyneaux al simbolismo religioso en *Los pecados de los santos de Hugo*, verdaderamente un libro terrible, proseguía Schmidt, la idea de mezclar religión con crítica de arte, especialmente con la obra de arte más grande del mundo, *El abismo de San Sebastián*, es nauseabunda, y no porque yo sea un no creyente, decía Schmidt, sino porque simplemente no acepto la noción o la práctica de mezclar a Dios con la crítica de arte, no sólo cuando el arte no tiene nada que ver con Dios o la religión sino *especialmente* cuando el arte tiene que ver con Dios o la religión, porque sólo el artista interpreta, o *malinterpreta*, su relación con la falsa deidad que llamamos Dios, y escribir crítica al respecto, siendo una creencia, es tan erróneo y desatinado como la propia creencia. Y mirando a Molyneaux de reojo, Schmidt maldecía el mundo del arte, un mundo, decía, rebosante de charlatanes y cerdos, patanes e incompetentes, que no entienden el sufrimiento y por tanto ni pueden entender ni entenderán el arte, porque se niegan a sufrir y harán cuanto puedan por evitar siquiera el mínimo sufrimiento, aunque, por supuesto, no tienen ningún problema a la hora de *infligir* sufrimiento a quienes los rodean, y aquí Schmidt chasqueaba la lengua mirando a Molyneaux, el cual, con una copa de vino blanco en su pálida mano, con su cara de comadreja, se estaba riendo afablemente de algún chiste idiota, un chiste que no podíamos oír pero que ciertamente era idiota, porque sólo había que mirar a la cara de esos imbéciles, exclamaba Schmidt. ¡Es grotesco! ¡Es sórdido! Los malditos inquilinos del inframundo, susurraba en voz alta, y, asqueados, Schmidt y yo nos largábamos de la gala para ir a cenar a Léopold's y charlar sobre el caos, la agonía y el fin del mundo.

43

En el centro simbólico de *El abismo de San Sebastián* flotan los cinco apóstoles, de distintas edades, complexiones y tamaños; el tercer apóstol, el del centro, aferra un cáliz en la mano derecha y lo alza hacia el relámpago. Este apóstol, con su gesto inusual, siempre ha recibido la mayor atención por parte de los estudiosos, algunos de los cuales afirman que el tercer apóstol le da órdenes al rayo o lo está recibiendo al alzar el cáliz, indicando que o bien está *tocado* o es un *ángel*, mientras que otros creen que el apóstol central representa al propio Beckenbauer. ¿Se incluyó el conde Hugo Beckenbauer en *El abismo de San Sebastián* como el apóstol central? ¿Era *El abismo de San Sebastián*, con sus augurios del apocalipsis, sus hogueras diseminadas, sus extravagantes burlas de los temas bíblicos, una especie de autorretrato? De ser así, ¿su propósito era irónico o simbólico, alegórico o quizá autorreferencial? Además de alzar el cáliz hacia el relámpago, el apóstol central es el único apóstol en levantar la vista a los cielos mientras los demás miran angustiados los fuegos de abajo. Estas eran las cuestiones planteadas en el libro de Molyneaux, cuestiones que Schmidt no vaciló en decir que estaban fuera de su alcance y, como estricto formalista, cuestiones que consideraba tontas y ridículamente absurdas. Estas cuestiones son ridículamente absurdas, dijo, cuando lo único que tenemos es la propia obra, cuando lo que tenemos delante es la pintura, nada más, la propia pintura, suficiente para satisfacer diez vidas de trabajo de los más grandes críticos de arte del mundo, así que ¿cómo puede este cerdo y este zoquete, en referencia a Tristan Molyneaux, escribir *un libro entero*, en referencia a *Los pecados de los santos de Hugo*, no un ensayo, ni siquiera un artículo, sino *un libro entero*, sobre lo que él supone que quiso decir Beckenbauer?

Yo mismo estaba más interesado en los dobladillos de los apóstoles y, obviamente, en el santo asno al borde del precipicio contemplando el caos bajo sus pezuñas, lo que siempre he considerado que representa la ciudad de Jerusalén en llamas. Acurrucados en la pared del precipicio también encontramos serpientes, trenzas de enredaderas, una espada flameante y un nido con huevos de serpiente, todos ellos detalles de interés, aunque mi predilección por el santo asno, el aspecto más poderoso de *El abismo de San Sebastián*, no tenía igual.

44

Como no podía hablar públicamente del tema, a menudo Schmidt me llamaba, y más adelante me enviaba mensajes de texto, para hablar de su odio hacia las dos obras menores, o los *cuadros del mono*, cómo *degradaban* y *mancillaban* y últimamente *envenenaban* la alacridad y santidad de *El abismo de San Sebastián*. Imagínate que sólo hubiera sobrevivido *El abismo de San Sebastián*, decía, imagínate que *El abismo de San Sebastián* fuese la única obra maestra del conde Hugo Beckenbauer que hubiese sobrevivido, las reseñas entusiastas, la penetrante crítica y los comentarios que recibiría. Ya nos ha costado media vida probar su valor. Imagínate cuánto más fácil habría sido si *esos dos trozos de mierda* hubieran ardido cuando se suponía que debían arder, refiriéndose, entiendo que se refería, a Estocolmo en 1625. Schmidt continuaba en el mismo tono, respirando pesadamente al teléfono, con los pulmones asmáticos de Schmidt luchando contra la creciente repulsión de Schmidt por los dos *cuadros del mono*. El trabajo de nuestra vida, murmuraba, nuestras energías conjuntas, decía, podrían haberse empleado en el provechoso esfuerzo de celebrar *El abismo de San Sebastián* y debatir sobre él, en vez de en *probar* su valor, lo cual, indudablemente, habría sido fácil, casi demasiado fácil, *un paseo por el parque*, como suele decirse, si esas dos obras monstruosas y repugnantes nunca hubieran existido. Sí, proseguía con furiosa certidumbre, el nombre de Beckenbauer es sin duda elogiado y celebrado gracias a ti y a mí, pero la presencia de las dos obras menores impide que su nombre se reverencie y eleve a la misma altura que, digamos, un Miguel Ángel o un Vermeer o un Hendrik el Viejo o, por supuesto, un Bartholomeus Spranger. Y cualquier libro que escribo o conferencia que doy, continuaba, quedan mutilados y desfigurados y finalmente inutilizados por tener que incluir de algún modo las dos obras menores, porque las dos obras menores, los *cuadros del mono*, son como invitados indeseables en la ceremonia de la vida.

45

Muy desfigurado, con el brazo izquierdo completamente inútil, en cabestrillo, o tal vez colgando como una aleta muerta, el conde Hugo Beckenbauer volvió a Düsseldorf, a la granja de Düsseldorf, en 1540 para crear un inimaginable corpus de obras, inimaginable porque todo lo que queda es una obra de asombrosa complejidad y sacrificio humanos, tan magistral y potente como pequeña en tamaño y fascinante, *El abismo de San Sebastián*, junto con las dos obras menores, tan escuálidas como inmensas en tamaño, obras que permanecerían para siempre sin título y, en opinión de Schmidt y mía, con razón. Agobiado por las crecientes deudas y la estrechez de miras de los mecenas que fastidiaban a Beckenbauer exigiéndole los cuadros que habían pagado o la devolución de sus adelantos, Beckenbauer huyó de Berlín durante un año, huyó a Düsseldorf y a la granja de Düsseldorf, donde, incluso en el crudo invierno durante el cual la ciudad se inmovilizaba en una helada interminable, el conde Hugo Beckenbauer comenzó a producir rápidamente enormes lienzos que llegaban al techo del granero. Heidel escribe: *Le llevo a Hugo un tazón de café cada mañana y veo las obras extrañas y sobrenaturales que está creando. Hugo no es violento, pero hay una especie de violencia bajo la superficie tanto de las pinturas como del hombre. Si las intenciones que tiene en mente no coinciden con el trabajo en el lienzo se pone a caminar en círculos, dando pisotones. Furioso. Sufriendo. Su ojo izquierdo se ha cerrado y la visión del derecho se debilita día a día, aunque aún lo fija en el lienzo con morbosa concentración. Hugo choca contra las puertas y tropieza con sus propias botas. Se niega a dejarme llamar al doctor Schröder. Ha cogido un trapo viejo, empapado en sus óleos y pinturas, y se lo ha enrollado alrededor de la cabeza para cubrir el ojo afectado. Cuando termina de pintar se marcha con sus obras y, aunque no cree que yo lo sospeche, visita los burdeles, donde probablemente vende los cuadros a cambio de actos sexuales, porque vuelve sin ellos, hosco y disipado. Algunas mañanas encuentro a Hugo ya en el granero, ocupado con un lienzo enorme, y oigo las risas de las rameras en el altillo de encima.*

46

Schmidt admiraba a los Primitivos flamencos, pero a ninguno más que a Petrus Christus, con el que sentía una afinidad poco común, y Schmidt se habría conformado con dedicar toda su vida a estudiar, contemplar y escribir sobre Petrus Christus, especialmente *Retrato de una joven*, pero entonces, en palabras de Schmidt, *apareció* el conde Hugo Beckenbauer y lo cambió todo. Todo cambió cuando vi *El abismo de San Sebastián*, explicó un día en Barcelona, frente al Museu Nacional d'Art de Catalunya, un día en el que Schmidt no se vio abrumado por su *avalancha de emociones* sino que fue capaz de plantarse a los pies de *El abismo de San Sebastián* para estudiar y contemplar y reflexionar sobre *El abismo de San Sebastián*, mientras tomaba notas en su cuaderno de campo y se atusaba el bigote, un día en que los vigilantes, con la deferencia que reservaban para los eruditos ilustres, acordonaron la Galería Rudolf durante el tiempo de nuestra estancia. Más tarde, junto a un grupo de plátanos, Schmidt llevó a cabo uno de sus ejercicios de respiración, taponándose una fosa nasal mientras se sostenía sobre su pierna izquierda, un ejercicio llamado el Pelícano, y a la vez evocando su primer amor por *Retrato de una joven*, la obra a la que Schmidt había planeado dedicar su vida en sus primeros días en Oxford, en la Escuela Ruskin, donde nos conocimos, hasta que ambos descubrimos *El abismo de San Sebastián* en nuestro libro de texto y, en sus palabras, *el mundo dio un vuelco*. En la Escuela Ruskin, Schmidt ponía por las nubes sus dos pinturas favoritas, *Minerva victoriosa sobre la ignorancia* y *Retrato de una joven* y, con los ojos cerrados, las recreaba, recitaba en voz alta los detalles, los ojos como de esfinge de la muchacha, decía, en referencia a la muchacha o sujeto de *Retrato de una joven*, el triángulo invertido de su blusa, decía, la opalescencia y sublimidad, decía, la trascendencia del oficio, decía, y así sucesivamente, recreando el cuadro sin que yo ni siquiera tuviera que *verlo*, y aunque Schmidt afirmaba que la gran crítica de arte y la teoría del arte tenían que ver con la mente, excluyendo siempre el corazón, el corazón de Schmidt estaba profundamente embebido en el arte, no importa lo que dijera; cada vez que Schmidt me insistía en que dejara fuera el corazón yo sabía que era su *sobreabundancia* de corazón lo que le asustaba, su *sobreabundancia* de corazón lo que atormentaba su conciencia, su *avalancha de emociones* que le obligaba a suprimir el corazón e incluso a renunciar a él a cualquier coste, y esta contradicción o hipocresía, empezaba yo a creer, tenía su origen en una juventud en Viena que Schmidt sólo mencionaba en los términos más superficiales antes de cambiar rápidamente de tema, sin que su madre y su padre, hermanos y abuelos entraran ni una sola vez en el terreno de la conversación, simples y concisas alusiones a un verano pasado en el balneario de Mönchsberg, por ejemplo, o al poeta al que una vez había seguido e imitado hacía tanto tiempo, y a mí me parecía que la juventud de Schmidt no era menos críptica que la juventud de Beckenbauer cientos de años atrás.

47

Recordando a Hugo años después de su muerte, Heidel escribe: *Hugo pintaba con cualquier material que tuviera a mano, preferiblemente natural. Le encantaba mezclar yema de huevo con tierra o carbón y añadir tinta para crear sus propios tintes y pigmentos. Lo hacía con la única visión de su ojo derecho. Una furia demente se apoderaba de él cuando pintaba, y yo, el granero, Düsseldorf y el mundo alrededor desaparecíamos. Después de terminar una obra, a pesar de mis protestas, Hugo se iba en busca de compañía, a veces a Der Fuß des Hasen (La Pata del Conejo), a Der glückliche Bär (El Oso Feliz) o a FreudenhausSehnsucht (El Anhelo), todo el surtido de burdeles que se encontraban en las zonas más lúgubres e impías de Düsseldorf. Cuando le preguntaba a Hugo por la inspiración de sus cuadros él afirmaba que tenía visiones místicas, decía que las pezuñas del apocalipsis galopaban perpetuamente en su cerebro, decía que estaba poseído y que la obra en sí no tenía interés para él, había dejado de tener interés después de cumplir los veinticinco o veintiséis años, no podía acordarse, pero estaba agotado y muerto por dentro, confesaba, y pintar no era una vía de escape, pintar ya no era la vocación artística y estética que había tenido un día, sino algo que se veía obligado a hacer siguiendo sus visiones. Cuando era más joven creía que pintar le traería la salvación, pero ahora sólo era una picazón que trataba de rascarse, un demonio que exigía ser exorcizado cada mañana cuando se despertaba. De mala gana, se comía la papilla y el pan negro que yo le ponía delante. Y luego cogía un bastón que acababa de tallar y partía hacia la granja a pintar o en busca de una aldeana dispuesta a mantener relaciones sexuales.*

48

En la Conferencia Mundial del Arte en Nueva York hablé por extenso sobre mi tercer libro, *Amanecer bizantino*, y luego, en una mesa redonda, me preguntaron si estaba de acuerdo con mi gran amigo y colega Schmidt cuando afirmaba que todo el arte posterior a 1906 era *basura*, una opinión que se había vuelto famosa y a la vez estaba de moda como frase de conversación, específicamente en los círculos artísticos, una manera fluida de plantear debates sobre el arte, especialmente el arte posterior a 1906 y la cuestión de si era bueno o *basura*, y la gente, específicamente en los círculos artísticos, se acercaban unos a otros en galerías y exposiciones y conferencias, funciones todas ellas igualmente tediosas e infestadas de petulantes, preguntando si estaban de acuerdo con Schmidt, y a menudo eso era todo lo que hacía falta, porque el interlocutor sabía lo que su oyente entendía por estar *de acuerdo* o *en desacuerdo* con Schmidt, es decir, cuál era su opinión respecto al arte a partir de 1906 y si pensaba que era *basura*. Y en la mesa redonda, mirando a los espectadores, yo expliqué en los términos más benevolentes y generosos que el arte, a pesar del conocimiento y la profundidad que un experto aporta a una *obra o conjunto de obras* específico o, yendo más lejos, a un *movimiento entero* o, yendo aún más lejos, a *toda la inagotable amplitud* de la historia del arte, es total y completamente subjetivo. El arte, en otras palabras, puede significar tanto para el profesional como para el profano, tanto para el sofisticado como para el simplón, porque el arte, cuando todo se ha dicho y hecho, debería tocar el alma, ¿no es así? Y lo que respondí, con sus cálidos lugares comunes, era lo que siempre había creído, incluso en Oxford, en la Escuela Ruskin, pero que nunca había expresado, quizá porque no se había presentado la ocasión o en mi mente no se habían formulado las palabras exactas, al menos no hasta aquella mesa redonda en la Conferencia Mundial del Arte en Nueva York, y mi respuesta, con su simplicidad sentimental, recibió algunos aplausos desganados y el día pasó sin que ni yo ni el resto de los miembros de la mesa ni el público volviéramos a pensar en ello. Pero justo al mes siguiente, Schmidt, postrado en cama en Graz debido a una infección bronquial, leyó la *transcripción* de aquella mesa redonda en una revista mensual de arte y se sintió traicionado y ofendido porque yo había dicho algo que siempre había pensado pero que nunca había dicho en voz alta, y no por ninguna razón en particular, pensé más tarde, porque podría haberlo dicho tranquilamente delante de Schmidt, de hecho *a* Schmidt, y probablemente hubiéramos discutido como hacíamos a menudo y las cosas, o sea, la vida, hubieran seguido igual. Pero no lo había dicho. Lo había dicho en la mesa redonda de la Conferencia Mundial del Arte en Nueva York, y más adelante, después de que Schmidt hubiera leído la transcripción de mi mesa redonda en la Conferencia Mundial del Arte en Nueva York, en la que decía, en esencia, que *el arte es subjetivo* y *el arte es para todos*, es decir, que *la opinión de un profano es igual que la de un experto*, se divorció de mi vida, aunque lentamente, poco a poco, al principio con insultos contra mí y mi segunda esposa y los libros que habíamos escrito, y luego con calumnias y desaires y finalmente con chismorreos, el tipo de comportamiento que uno espera de un archienemigo, que era en lo que, en cierto sentido, Schmidt se había convertido (o se convertiría), y me imaginé a Schmidt leyendo la transcripción de mi mesa redonda en su cama en Graz, llamándome traidor y desertor, porque había dicho *aquello tan horrible* sin siquiera disimularlo, y a mí y al público y al resto de la mesa redonda oyéndolo sin pensar nada, porque sólo

Schmidt encontraba motivos de crítica en lo que había dicho, que yo seguía pensando que era una respuesta bastante sencilla e idealista, pero que Schmidt consideraba *algo horrible*, treinta o cuarenta palabras a lo sumo, al parecer suficientes para acabar con nuestra magnífica amistad, y mientras el avión descendía sobre Berlín leí el email de Schmidt por enésima vez. En él, Schmidt me reprendía una última vez, sus palabras exactas, *una última vez*, por *aquello tan horrible* que había dicho y luego incluido, aunque brevemente, en mi cuarto libro, *Pastoral de la serpiente*, al igual que en el quinto, *El afecto de Arlequín*, por entonces aún ignorante del desprecio de Schmidt por mi *romántico* o *democrático* punto de vista sobre las artes, y sí, había estado de acuerdo con Schmidt cuantísimas veces cuando él aseguraba que el arte había muerto en 1906, y también había estado de acuerdo con Schmidt cuantísimas veces cuando afirmaba que los artistas eran una especie en extinción, pero, en mi defensa, ¿significaba eso que teníamos razón? ¿No podía alguien pensar que el arte *no* había muerto en 1906, aunque nosotros pensáramos y creyéramos que sí? ¿No podía alguien, por estúpido y odioso que fuera, sentirse conmovido por algo que nosotros considerábamos que no era arte sino incluso *basura*? Teníamos razón, por supuesto, pero ¿no había sitio para los que estaban equivocados? Todas estas preguntas Schmidt las contestaba no diciendo nada, y, de hecho, cuanto menos decía más claramente daba a entender su desaprobación, hasta que se esfumó totalmente de mi vida y, sin yo saberlo, la siguiente vez que vería a Schmidt sería en su lecho de muerte en Berlín.

49

Hay una nada, una extensión imposible que siempre me ha atraído más hacia la segunda pintura menor que hacia la primera. No hace falta decirlo, ambas obras son repugnantes y abominables, obras que, si de Schmidt y de mí dependiera, no existirían. Aun así, la segunda pintura sin título me da la impresión de ser una obra más *cómoda* con su deprimente y detestable existencia que *en disputa* con su deprimente y detestable existencia. La segunda obra sin título, o *cuadro del mono*, es más tranquila y menos agresiva. La segunda obra sin título, o *cuadro del mono*, permite a los ojos descansar un poco. Esto es lo que le dije a Schmidt cuando me preguntó sobre mi preferencia por el segundo *cuadro del mono* frente al primer *cuadro del mono*. La segunda obra sin título, que cuelga a la derecha de *El abismo de San Sebastián* en la Galería Rudolf, cuyo objetivo parece ser formar con las tres obras supervivientes del conde Hugo Beckenbauer un tríptico monstruoso, mide también ocho pies por veinte, enorme e invasiva, una naturaleza muerta que ostenta un cuenco de frutas podridas –peras, uvas negras, ciruelas– y un vaso de vino tinto y una vela. Unos mosquitos en primer término, posados en los bordes del vaso, sugieren ruina, muerte y descomposición, otorgando a la obra una cualidad teatral que obliga al espectador a preguntarse si el artista se está burlando de él. Las ciruelas, pintadas con brochazos espesos y saturados, permanecen entre las sombras mientras el resto de la fruta, picoteada y podrida, reposa bajo una luz opaca. Tanto por encima como por debajo del centro del cuadro hay un abismo, unas doce pulgadas de espacio negro, y contemplándolo a cierta distancia uno no sospecharía que hay pintura allí, como si el cuenco de fruta, el corazón de la naturaleza muerta, hubiera sido pintado sobre un lienzo demasiado grande para él. Sin embargo, al acercarse, uno ve capas de pintura oscura, brutal y vehemente. Schmidt llamaba a ese color *carbón magullado*. Yo lo llamaba *negro lloroso*, el título, de hecho, de mi séptimo libro, *Negro lloroso*, un pequeño ensayo en forma de libro que explora los colores utilizados en *El abismo de San Sebastián* y en la segunda pintura sin título. Las áreas oscuras por encima y por debajo de la fruta están impregnadas de misterio y constituyen sin duda mis partes favoritas del segundo *cuadro del mono*, pues permiten a los ojos alejarse del cuadro en sí, que es realmente atroz, concediendo al espectador, o sea, a nosotros, un alivio del horrible intento de Beckenbauer de crear una naturaleza muerta. Yo *aprecio* el espacio vacío y *agradezco* el espacio vacío y, en ciertos aspectos, me siento *en deuda* con el espacio vacío tanto por encima como por debajo del centro de la obra, pues me permite evitar el centro de la obra misma y meditar sobre otras cosas, un prado bañado en luz diáfana o los brazos flexibles de una antigua amante, o quizá el murmullo de un sinuoso riachuelo, y en ciertas ocasiones, al mover los ojos ligera e imperceptiblemente hacia la izquierda, miro de reojo la sublimidad sin igual de la pintura central, *El abismo de San Sebastián*, para recibir una sacudida, un recordatorio de que a pocos centímetros del vacío, a un suspiro de la mediocridad común, se encuentra la absolución del arte verdadero.

50

El vuelo a Berlín fue tranquilo, una preparación, al parecer, para el turbulento encuentro que me esperaba, la reunión con mi amigo más querido, ahora rival o antagonista o, quién sabe, quizá enemigo, un hombre cuyos pulmones lo habían atormentado durante toda su vida adulta y cuya misma tos, como una premonición, resonaba en mis oídos. El email de Schmidt sólo aludía vagamente a su dolencia, mencionando que sus días estaban *contados*, que estaba en su *lecho de muerte* y que se sentía obligado a verme una vez más antes del final, un final en el que parecía regodearse, porque llegaría al final antes que yo, un final que nos obsesionaba a ambos, el fin del mundo, de nuestras vidas, de la civilización, en suma, el fin de todo, lo cual, alardeaba, le llegaría primero a él, al igual que afirmaba haber sido el primero en fijarse en *El abismo de San Sebastián* en nuestro libro de texto. Él era el primero en todo, escribía, y yo iba detrás. Me reprendía en el email; la abyección y el descaro que había mostrado en aquella mesa redonda en Nueva York, escribía, dándoles a los aficionados y a los neófitos, *imbéciles* en realidad, gente que *no* habían hecho del arte la razón fundamental de su existencia como hubiera hecho cualquier persona razonable, sino gente que veía el arte sólo como *decoración* para sus vidas vacías, que veían el arte sólo como *aditamento* o como un asunto de *menor consideración*, cuando el arte, él y yo lo sabíamos, era la *única consideración*, sí, escribía, yo les había dado a *esos monstruos* en mi atroz mesa redonda el mismo estatus, escribía, que a nosotros, los críticos, los únicos que vivíamos y respirábamos y prácticamente sangrábamos por el arte. El email, aunque relativamente corto, seguía en esa línea, explicaba que yo había fracasado como crítico, a pesar de haber sido tan prometedor. El crítico por antonomasia, insistía Schmidt, había de ser absolutamente objetivo. Para estudiar, contemplar y escribir sobre una obra, el crítico debía dejar a un lado *todo sentimiento*, escribía. Por eso la *avalancha de emociones* le había obligado a marcharse aquellas tres veces, a huir literalmente ante la presencia de *El abismo de San Sebastián* cada vez que esta aparecía, por esta se refería a la *avalancha de emociones*, a huir de *El abismo de San Sebastián* por pura lealtad a *El abismo de San Sebastián*, escribía, por su dedicación como crítico verdadero, porque no podía pensar objetivamente cuando la *avalancha de emociones* lo invadía, y si me hubiera quedado, continuaba, si hubiera tratado de escribir en esos momentos, si hubiera sacado mi cuaderno de campo y hubiera empezado a escribir sobre *El abismo de San Sebastián* habría sido basura y algo falso e incluso peor que eso, una *traición* a la crítica de arte y, en consecuencia, habría perjudicado a *El abismo de San Sebastián* en vez de iluminar *El abismo de San Sebastián*. Cada vez que he escrito sobre *El abismo de San Sebastián*, continuaba la carta, una carta notablemente sucinta a pesar de sus nueve páginas, he suprimido todos los sentimientos y la subjetividad. Cada vez que he escrito sobre *El abismo de San Sebastián*, he abolido mi pulso, escribía, los latidos de mi corazón, añadía, y *cortejado a la muerte*, consiguiendo así ver la obra con pura lucidez, porque la lucidez requerida para escribir gran crítica, crítica sin tacha e insuperable, crítica que intenta acceder al universo del arte mismo, significa suprimir el propio pulso y los latidos del propio corazón y existir en una dimensión que bordea la no existencia. Siempre me he acercado a *El abismo de San Sebastián* como un enemigo de *El abismo de San Sebastián*, escribía, un enemigo eterno de *El abismo de San Sebastián*, y mi trabajo como crítico consistía en arrasar la obra, y cuando la obra sobrevivía, cuando la obra resucitaba a pesar de mis ataques, cuando la obra prevalecía a pesar de mis muchos atentados contra su vida, entonces había triunfado como crítico.

51

Está la vez en que Schmidt se puso a discutir con mi segunda esposa sobre Kandinsky, al que mi segunda esposa adoraba y por el que Schmidt no sentía nada, no sentía nada por Kandinsky ni por las teorías de Kandinsky, profunda indiferencia por los conceptos de Kandinsky sobre *el artista como profeta* y la *comunión con el espectador*, así como los pasajes, tan citados, de su libro *De lo espiritual en el arte*, en el cual Kandinsky, en palabras de Schmidt, pontifica vanamente sobre *el espíritu y la música* del arte y todas las teorías que sostenía sobre el color, sea rojo, amarillo o malva, en el que Kandinsky, decía Schmidt, se entusiasmaba poéticamente sobre *la belleza y la gracia* del arte, pero que, en esencia, sólo mostraba el amor que sentía por su propia voz autoral, descaradamente, y por tanto no mostraba su amor por el arte sino por sí mismo. *De lo espiritual en el arte* nos lo asignaron en Oxford, en la Escuela Ruskin, y Schmidt se negó a leerlo y declaró elocuentemente en aquel momento que Kandinsky había pintado la mayor parte de sus obras en el siglo XX, después de 1906, y, por tanto, sus obras pintadas no eran válidas, como tampoco lo eran, incluso en mayor medida, sus libros y opiniones, una convicción a la que Schmidt se aferró firmemente, y treinta años después, sentado a la mesa frente a mi segunda esposa, Schmidt expresó de nuevos esos sentimientos, palabra por palabra, todo en respuesta al entusiasmo de mi segunda esposa por Wassily Kandinsky, tanto por su arte como por sus libros sobre arte, específicamente *De lo espiritual en el arte*, una obra que en ese momento ella estaba enseñando en su puesto de titular no exento de prestigio, porque Kandinsky era un artista que a mi segunda esposa le llegaba al alma, explicó mi segunda esposa, del modo en que sólo un artista verdadero podría hacerlo, dijo, al descubrir lo *insondable*, las simas que uno nunca supo que podrían encontrarse o que existiesen siquiera, más oscuras y más frías y más vastas, más ilimitadas que el fondo del océano más profundo o el firmamento en toda su inmensidad, sí, dijo, la esfera celestial, lo más alto y lo más bajo, todas las notas del corazón humano, y yo me quedé allí mudo, arrebatado por la alta consideración, incluso reverencia, de mi esposa por Kandinsky, porque ella siempre había mostrado moderación, nunca había tenido un don para el melodrama o la grandilocuencia, pero allí estaba, radiante, resplandeciente, totalmente cautivada por todo lo que Wassily Kandinsky hubiera tocado alguna vez, hablando del universo de colores del que él había escrito en relación con el espíritu humano, Kandinsky, el raro animal, dijo, que tocaba el *tembloroso epicentro* de la existencia. Y Schmidt, atusándose el bigote, le dijo a mi segunda esposa que Kandinsky era un desperdicio. Kandinsky habita en lo más bajo del arte moderno, dijo Schmidt, como un cangrejo o alguna otra criatura excremental que se arrastra por el fondo del mar, ingiriendo la mierda de todo el mundo. Y mi segunda esposa, que de algún modo se lo esperaba, se terminó tranquilamente su copa de riesling, se puso en pie, sonrió y, con toda la calma, escupió en el plato de Schmidt. ¿Qué tal eso como desperdicio?, preguntó, dando rápidamente por terminada una cena que ya era, al menos para mí, un ejercicio de incomodidad.

52

Las crónicas indican que el verano de 1541 en Düsseldorf fue tremendo. Las tardes, tradicionalmente más frescas, siguieron siendo cálidas y opresivas. Prácticamente ciego, con la cabeza envuelta en un trapo empapado de pintura de diversos colores, el conde Hugo Beckenbauer recorría las calles polvorientas, el pelo apelmazado, los ojos vendados, tanteando el camino con un bastón. Había vendido el último de sus lienzos grandes, probablemente a cambio de sexo, y atendiendo a su movilidad limitada, Helga Heidel había retirado las escaleras del granero para evitar que *el loco*, como ahora lo llamaba (no sin cariño), se hiciera daño. Así empezó Beckenbauer a trabajar en las piezas más pequeñas que constituirían las últimas obras de su vida. Ese fue el verano, de acuerdo con los diarios de Heidel, en el que el conde Hugo Beckenbauer tuvo una *visión sublime* y pintó *El abismo de San Sebastián*, una *visión sublime* presagiada por el sofocante calor que se aferraba a cada pulgada del día a día de los vecinos de Düsseldorf, dejándolos aburridos e indolentes, pero que en cierto modo animaba a Beckenbauer. Schmidt y yo coincidíamos en que una *visión sublime* es la única manera de explicar la obra maestra, pues, aunque yo no creía en Dios y Schmidt no creía en Dios, de hecho siempre nos habíamos enorgullecido de ser enérgicos y comprometidos *no creyentes*, siempre alimentamos una convicción en algo *más*. Por lo tanto, algo *más* fue responsable de conceder la visión al *loco* ciego en la granja de Düsseldorf en el cálido verano de 1541, cuando cogió el pequeño lienzo, de no más de doce pulgadas por catorce, de hecho *exactamente* doce pulgadas por catorce, y empezó a pergeñar en él lo que más tarde sería la pared del precipicio mirando a lo que suponemos es Jerusalén, un precipicio que sostiene al santo asno, cuyos ojos reflejan una ciudad en llamas, aunque nadie sabe realmente qué aspectos de la composición pintó primero Beckenbauer, ya que no hay registros e igualmente pudo haber empezado por los relámpagos en primer término o por las hogueras del fondo, nadie lo sabe, pero una noche Heidel entró en la granja y vio *El abismo de San Sebastián* en el caballete improvisado, temblando bajo la luz cambiante, perfecto y completo, el primer ser humano que posó los ojos en *El abismo de San Sebastián*, considerando que Beckenbauer estaba completamente ciego en aquel momento y, sí, Schmidt y yo sostuvimos a lo largo de nuestras carreras que fue un hombre ciego el que contempló el infinito, sí, declaramos, fue un hombre ciego el que representó el dobladillo de los apóstoles y el santo asno, un hombre ciego, insistimos, con inigualable talento, el que legó el título de *El abismo de San Sebastián*, que literalmente escribió las palabras *Der Abgrund des Heiligen Sebastian* en el reverso del lienzo, y sí, concedemos, también un hombre con un voraz apetito sexual, porque incluso en su estado de discapacidad, escribe Heidel, Beckenbauer, terminada su obra maestra, abandonó la granja de Düsseldorf para ir a saciar su lujuria; en suma, fue en busca de fornicación, el bastón de Beckenbauer como una vara divina conduciéndole Dios sabe a dónde, quizá a Das Fell der Katze (La Piel del Gato), el burdel más cercano, o al Gähnende Hannah (El Bostezo de Hannah), un poco más lejos, o al Graue Maus (El Gato Gris), en el pueblo de al lado, pero él, siendo Beckenbauer, fue lo bastante responsable para dejar terminado el cuadro, sintiendo quizá que había completado su legado artístico, creando una obra que no había visto sino *sentido*, una obra de inequívoca sublimidad.

53

Varios años después de la mesa redonda en Nueva York y de *aquello tan horrible* que dije y luego escribí, mi segunda esposa y yo nos divorciamos. El éxito de su biografía de Klee, unido a mi desánimo por la ruptura de Schmidt de nuestra amistad, ayudó a acelerar el fracaso de nuestro matrimonio, un matrimonio que ya había mostrado signos de debilidad; mi desapego, mi incertidumbre, mi recién descubierta soledad, todo eso me había llevado a reflexionar cada vez más sobre el fin del mundo. Todo lo que hace, se quejó ella a la consejera matrimonial, es pensar en el fin del mundo: un día es el apocalipsis y al siguiente es el Armagedón. ¿No es delicioso?, les había preguntado yo a ambas, es decir, a mi segunda esposa y a la terapeuta, una mujer angulosa vestida entera de *beige*. El fin de todo, dije yo, ¿no es maravilloso concebirlo? Y ellas, es decir, mi segunda esposa y la terapeuta, menearon la cabeza y fruncieron el ceño, y yo me di cuenta de que muy pronto estaría solo, porque en sus caras reconocí las mismas expresiones que había visto cuando crecía en mi pequeño pueblo, aunque no tan pequeño, una ciudad en realidad, donde las ambiciones artísticas y las pasiones creativas se consideraban como algo ligeramente perturbado y ligeramente estrafalario, donde las artes estaban bien para un poco de evasión quizá, a lo sumo una forma de entretenerse una tarde, algo como, sí, vayamos a pasar un par de horas al museo y así lo tachamos de la lista, algo como qué alivio, ya no necesitamos volver hasta el año que viene y podemos contarle a la gente, sí, que hemos estado en el museo, sí, hemos visto las obras de arte y las esculturas y esos artistas estaban realmente *locos*, y sí, es bonito ver arte y hablar de arte de vez en cuando y quizá hasta *pensar* en ello, pero, por supuesto, no *demasiado*, porque, bueno, ya sabes, es un poco una *chifladura*, pero una vez al año está bien, una vez al año es de hecho el número *ideal* de veces que hay que visitar el museo, una vez al año y nada más, y ahora volvamos a las cosas de la vida, así que sí, en sus expresiones vi lo que había visto cuando era pequeño, a saber, perplejidad, a saber, una incomprensión básica que las palabras nunca lograrían clarificar, y aunque mi segunda esposa había escrito libros sobre arte, cosa que había hecho, ella poseía un corazón práctico y organizado y no se dejaba llevar fácilmente por la pasión, así que sí, las expresiones de ambas me revelaron que pronto estaría solo en mi enorme apartamento en mi carísima ciudad, todo ello posible gracias a los libros que había escrito sobre el conde Hugo Beckenbauer y *El abismo de San Sebastián*.

54

Schmidt y yo éramos no sólo ateos sino ateos orgullosos. Nuestra incredulidad, creíamos, era un tipo superior de creencia. ¿Y qué pasa con la creencia misma? Mientras la tuvieras, siendo una creencia, ¿qué importaba cuál *era* realmente la creencia? Aunque, lo admitíamos, la creencia ciertamente debería contener destellos de no creencia o incredulidad o, como mínimo, una vigorosa desconfianza en la fe ciega. Schmidt y yo creíamos en la tinta y la témpera y el lienzo. Creíamos en las naturalezas muertas. Creíamos en el claroscuro. Creíamos en el estilo y la técnica. Creíamos en los Primitivos flamencos, en el Manierismo holandés y en el fin del mundo. Schmidt y yo creíamos en Hendrik el Viejo igual que yo creía en el santo asno, igual que ninguno de nosotros creía que se hubiera creado arte después de 1906. Creíamos en el arte como canalizador en donde las palabras fracasaban, y siempre fracasarían, porque el habla humana contaba con la mente, insistía en la mente humana, la cual, Schmidt y yo lo sabíamos, era interminablemente falible. Schmidt y yo poseíamos mentes funcionales, y pensábamos que estas ayudaban tanto como estorbaban, porque las palabras, nacidas de la mente, eran chapuceras y caóticas, de hecho las palabras sólo alejaban a uno del alma, no lo acercaban, y el propósito del arte, creíamos Schmidt y yo, era conectar o reunir a una persona con su alma, propiciar una comunión sin palabras con el infinito, y por eso nuestros libros, repletos de palabras interminablemente falibles, eran simples intentos de aproximación a lo que la pintura había dominado por defecto, simplemente al excluir las palabras.

55

La caza del león, de Rubens. *La poción amarga*, de Brouwer. *La oración del huerto*, del Greco. Las grotescas cabezas de Da Vinci. Monstruos y gárgolas. Madonnas y santos. Medios tonos. Luz cambiante. La condición humana. A menudo, dentro de un marco de no más de doce pulgadas de altura, una docena de pulgadas que transformaban el alma. Esas eran las obras que nos embriagaban a Schmidt y a mí en Oxford, en la Escuela Ruskin, donde nos conocimos. Mientras nuestros compañeros de clase desvariaban sobre la *expresión estética* y la *empatía artística*, mientras balbuceaban delirantes sobre el *expresionismo abstracto* o su *instalación de arte* favorita, Schmidt y yo buscábamos imágenes de santos desesperados o retablos pintorescos, meditábamos sobre las contradictorias interpretaciones de los esqueletos en la pintura medieval y la renacentista, particularmente el Manierismo holandés. Toparnos con *El abismo de San Sebastián*, Schmidt y yo lo sabíamos, fue la culminación de todo cuanto habíamos estado buscando. Los colores y las formas. La manipulación de la luz. La carga de histeria místico-religiosa, así como las alusiones al apocalipsis. El *bosquejo*, decía yo, la *última capa*, decía Schmidt, el *juego de sombras*, decía yo, la *iluminación dramática*, decía Schmidt, y, para ser justos, ambos teníamos razón, porque *El abismo de San Sebastián* contenía un millar de febriles contradicciones, y cuanto más miraba uno menos sabía. Años después, hablando ante audiencias de todo el mundo, de Copenhague a Amberes pasando por Chicago, yo explicaba que resultaba imposible contemplar *El abismo de San Sebastián* y ver la misma pintura dos veces. Sin mudar de piel, decía, sin cambiar nuestro nombre, de forma fluida e inexplicable, *evolucionamos*, nos volvemos cada día una persona diferente, y lo mismo ocurre con *El abismo de San Sebastián*, un día discernimos el más ligero matiz de esperanza y al día siguiente la sima sin fondo de la destrucción, el cuadro nos hace reconocer, como todos reconocemos algún día, que estamos a merced del vacío, porque, decía, *El abismo de San Sebastián* es la obra de arte más fascinante jamás producida por el hombre, y a veces, en años posteriores, me echaba a llorar, menos mal que Schmidt no estaba por allí aunque sentía su presencia, me representaba su desdén, sus palabras mordaces y su poblado bigote, y sentía a Schmidt chasquear la lengua de vergüenza ante mis lágrimas y entrecerrar los ojos con reproche, porque al hablar en público, especialmente en años posteriores, me invadía un llanto incontrolable, el público pensaba que era mi pasión por *El abismo de San Sebastián* lo que provocaba esas escenas emocionales y no la ausencia de Schmidt o de mi segunda esposa, la multitud no sospechaba que era la separación y la soledad y los ataques de desesperación de una semana entera que habían empezado a invadir mi vida.

56

De los diarios de Heidel: *Una gran tormenta sacudió anoche el pueblo. Me desperté al oír que aporreaban la puerta. Era Hugo, empapado y delirante. El vendaje que le cubría los ojos se había caído, se había deslizado alrededor de su cuello como un pañuelo, y sus ojos parecían dos uvas que se hubieran quedado demasiado tiempo en la parra. Portaba un enorme cuchillo, pero yo no sentí miedo por mí sino por él. ¿Por qué llevaba un cuchillo? ¿Dónde lo había conseguido? ¿Por qué era tan grande? Estas eran las preguntas que quería hacerle, pero estaba muy agitado y hablaba incesantemente sobre la gran inundación que nos tragaría a todos, un diluvio bíblico, juró, una gran inundación, un apocalipsis. Una tormenta tiene que ser algo terrorífico para alguien que no ve. Afuera, las vacas y las ovejas estaban inquietas. Era una tormenta tremenda, realmente una cacofonía, la más violenta que la región había visto en décadas. Hice que se sentara en la cocina y se calentara al fuego, pero antes le pedí el cuchillo, que, distraído, inquieto, sin parar de farfullar sobre el gran diluvio, me entregó sin reparar en ello. Pero no se tranquilizaba, seguía repitiendo el diluvio, el diluvio, el gran diluvio. No dejaba de hablar sobre el gran diluvio y el fin del mundo.* Leer los diarios de Heidel sólo contribuyó a reforzar el vínculo que Schmidt y yo teníamos con Beckenbauer; nuestra fijación compartida por el apocalipsis, en palabras de Beckenbauer, *el gran diluvio*, era señal de un alma profunda y reflexiva. ¿Cómo puede alguien vivir y existir, pensábamos, sin obsesionarse con la muerte? ¿Cómo puede alguien estar vivo y no quedar cautivado ante la muerte? Parecía imposible. Adorábamos a Beckenbauer porque en Beckenbauer nos veíamos a nosotros mismos: con la cabeza a pájaros, carcajadas, estallidos de color como mínimo, sí, una cabeza ciega rebosante de color.

En nuestras mentes, resultaba casi imposible contemplar otra cosa *sino* el apocalipsis. Existen la resurrección o la reencarnación, decía Schmidt, si te da por creer en *esas absolutas patrañas*. Pero para nosotros la resurrección, o, para el caso, el más allá, eran cuentos de hadas. Estábamos fascinados por el fin del mundo, o *el gran diluvio*, y poco más, porque era la verdad sin adornos, y Schmidt reprendía a cualquiera que sugiriese que era imposible pensar solamente en la muerte, porque se apartaban de la verdad sin adornos, y a aquellos que afirmaban que una persona debía considerar ambos lados, considerar la resurrección al igual que el apocalipsis, Schmidt les increpaba indignado y les explicaba con vehemencia que una persona *no* tenía que considerar *ambos lados*, porque quizá, sólo quizá, no hubiera dos lados en absoluto, aunque, añadía, si uno se había criado entre basura y sacarina, si uno, por ejemplo, había crecido en esa tierra de la demencia insulsa que son los Estados Unidos, entonces nunca se daría cuenta de que, en general, hay de hecho *sólo un lado*, y ese lado es, por su misma naturaleza, la verdad sin adornos, no lo *feliz* y lo *pulcro* y lo *inexplicablemente bueno*, no, sino lo tedioso y lo odioso, la insípida banalidad de la existencia, deslizándose día tras día hacia la muerte o, igualmente, el permanecer perfectamente quieto y observar el avance encubierto de la muerte *hacia ti*, no importa. Creer en finales felices, continuaba, es el mayor daño que la humanidad se ha causado a sí misma en la historia del mundo, pues esta creencia fue urdida puramente para engañar, para que apartáramos los ojos de la verdad sin adornos, y el conde Hugo Beckenbauer vio la verdad sin adornos, concluía, y le dejó ciego.

57

Decidí visitar España durante un mes, Barcelona para ser más específicos, la Galería Rudolf en el Museu Nacional d'Art de Catalunya, para ser aún más específicos. Un día me encontré con Schmidt, solo como yo, contemplando el tríptico monstruoso, en otras palabras, *El abismo de San Sebastián* y las otras dos obras menores, y, como era de esperar, Schmidt se cubría con las manos ahuecadas ambos lados de la cara para bloquear las atrocidades que constituyen los *cuadros del mono*. Me puse a observar a Schmidt, su espalda encorvada, el cuaderno de campo a sus pies. Schmidt había envejecido; vi un bastón cerca, supuse que era suyo, y de pronto fui consciente de cuánto tiempo había pasado, es decir, por supuesto, cuánto había disminuido el tiempo de nuestras vidas. En sus espaldas cargadas vi el futuro que nos espera a todos nosotros, la vacilación silenciosa en cada gesto, el pie que tanteaba el suelo con cautela, probando el terreno como se prueba el agua en una bañera, asegurándose de que el suelo, y por tanto la tierra, era estable. Schmidt apenas me llevaba dos años, pero las dolencias que llevaban tanto tiempo aquejándole habían acelerado su envejecimiento, y si yo veía el fin del mundo en *El abismo de San Sebastián*, veía mi propia mortalidad en el cuerpo encorvado de Schmidt, la frágil sombra que se estremecía al caminar como un pajarillo. No habíamos hablado en años, quizá en una década, y maldije el cruel terror del tiempo, un susurro suave, indiscernible, que sin embargo lo arrasa todo, bosques y ciudades, cadenas montañosas, historias enteras, simplemente haciendo aquello para lo que fue creado, que es esperar, porque la única tarea del tiempo es existir, no esperar más que a sí mismo, y el pobre y caduco Schmidt, inclinándose a recoger el cuaderno de campo, lento y gastado, que parecía un octogenario, me alarmó más allá de las palabras, y hui horrorizado del Museu Nacional d'Art de Catalunya, y un día después hui también de Barcelona. En vez de acercarme a Schmidt y pedirle a Schmidt el perdón de Schmidt, volé de regreso a la ciudad carísima en la que vivía, a mi apartamento muy grande y muy vacío, y, sin saberlo, no volvería a ver a Schmidt hasta que lo visité en su lecho de muerte en Berlín.

58

Mi sexto libro, *La paradoja de Hugo,* era una exploración de cómo serían *probablemente* las demás pinturas del conde Hugo Beckenbauer. Basándome en los diarios de Helga Heidel y en los dos *cuadros del mono*, así como en la investigación que Schmidt y yo habíamos llevado a cabo antes de que yo dijera *aquello tan horrible* (y por tanto antes de nuestra separación), me formé una idea del conjunto de obras que se perdieron en el gran incendio. Eran retratos de diversas prostitutas de Düsseldorf y Berlín, deduje, todos ellos obras pequeñas, por supuesto, debido a la ceguera de Beckenbauer, pero obras de consuelo y redención; imaginé los ojos líquidos de aquellas rameras desahuciadas, las marañas de abundante pelo negro, las expresiones remotas de aquellos rostros antiguos, lo vi todo y el mundo del arte celebró *La paradoja de Hugo* como una obra de crítica de arte especulativa original e inigualable. Schmidt respondió con un libro de ensayos críticos *(Turbulenta incoherencia)* en el que destrozaba cada teoría y postulado que yo había hecho en *La paradoja de Hugo*. Schmidt afirmaba que las demás pinturas de Beckenbauer eran insípidas y petulantes, y basaba sus argumentos en los testimonios de aquellos que lo conocieron en Düsseldorf y Berlín, además de en los diarios de Helga Heidel, que describen a un Beckenbauer bastante perturbado dirigiéndose con desvaríos a niños y animales y defecando en público, de hecho disfrutaba enormemente defecando en público, y por tanto sus últimas obras, concluía Schmidt, eran no sólo empalagosas y detestables sino afrentas contra el arte. Así que, al parecer, había empezado una guerra: cada libro que Schmidt escribía sobre *El abismo de San Sebastián* era una respuesta a un libro que *yo* había escrito sobre *El abismo de San Sebastián*, o al revés, ya no me acuerdo, pero nuestros libros se convirtieron en ataques e insultos, libros como acusaciones y libros como guerras. Escribí otro libro, *Naturaleza muerta con Lucifer*, en el que exploraba el uso del infierno y sus motivos en *El abismo de San Sebastián*; Schmidt respondió con *Reino mancillado*, un libro en el que exploraba el uso del cielo y sus motivos en *El abismo de San Sebastián*. Se escogieron bandos, ya que los críticos de arte y los estudiantes no podían estar en ambos lados a la vez. Como en las demás cosas de la vida, se exigía tomar partido. El mundo del arte, dijo Schmidt una vez, especialmente la crítica de arte, añadió, era una pelea a cuchillo, era guerras y matanzas, y al parecer nuestras espadas estaban desenvainadas. Rápidamente conseguí discípulos y Schmidt consiguió discípulos, estudiantes y críticos y coleccionistas de arte que estaban pendientes de cada palabra que decíamos y estudiaban nuestros libros casi religiosamente, y esos discípulos luchaban tenazmente para defender nuestras obras, las de Schmidt o las mías, dependiendo de la facción, y atacaban las obras del lado opuesto con gran ferocidad. Los discípulos de Schmidt se presentaban a menudo en mis conferencias para arengar y criticar. Mis discípulos, del mismo modo, empezaron a presentarse en las conferencias de Schmidt para arengar y criticar, aunque Schmidt cada vez hacía menos apariciones en público debido a sus diversas dolencias. Aun así, no cabía duda de que Schmidt estaba prestando mucha atención a mi trabajo académico; yo escribía un artículo sobre la *distorsión de los límites* en *El abismo de San Sebastián* y no pasaban tres semanas cuando Schmidt publicaba un artículo sobre la *fidelidad a los límites* en *El abismo de San Sebastián*. Yo indagaba en las interpretaciones *fantásticas* y *oníricas* del conde Hugo Beckenbauer y Schmidt indagaba en las interpretaciones *verosímiles* y *realistas* del conde Hugo Beckenbauer, invocando a los maestros románticos Géricault y Delacroix en un intento, al parecer, de envalentonar a sus discípulos, los cuales, de hecho, se sintieron lo bastante envalentonados como para interrumpir mis discursos más concurridos, algunos de ellos tras dejarse crecer el bigote en señal de respeto y reverencia a Schmidt, cuyo poblado bigote era uno de los aspectos más notorios de uno de los dos grandes eruditos beckenbauerianos del mundo, yo el otro, y esos discípulos de Schmidt no se andaban con ceremonias, sino que interrumpían y fastidiaban hasta conseguir que intervenir en mesas redondas y dar conferencias perdiera todo interés para mí y, al igual que Schmidt, me viera obligado a esconderme, aunque en mucha menor medida.

59

Existen tres testimonios de los ofrecimientos del conde Hugo Beckenbauer para pintar retratos a cambio de relaciones sexuales durante sus últimos días en Berlín. Con la muerte llamando a su puerta, el ansia de relaciones carnales de Beckenbauer no decreció, sino que aumentó, y a juzgar por los testimonios que han llegado a nosotros, cuanto más incapacitado se encontraba Beckenbauer, más ansioso se volvía en lo referente al intercambio sexual. Una historia destaca sobre las otras: un fraile dominico que viajaba por la Renania de camino a Burdeos para servir en la Abadía de Cluny se detuvo a pasar la noche en Berlín para visitar a su hermano. Peter der Sachse el Teutónico dejó una crónica que fue descubierta recientemente en los archivos de Berlín y que describe a un hombre que sólo puedo asumir que era el conde Hugo Beckenbauer. *Un extraño hombre ciego*, se lee, *camina con su bastón por Stralauer Straße, aborda a ciudadanos y mercaderes para encontrar el burdel local, Das Fell Der Katze (La Piel del Gato) y es expulsado de allí casi en cuanto llega, con el cráneo cadavérico vendado con lo que parece un trapo empapado en pigmentos y óleos. Mi hermano contempló a ese pobre hombre buscando a tientas su bastón, porque las rameras se lo habían robado para gastarle una broma después de que las ofendiera. Este hombre extraño, dice mi hermano, conocido en todo Berlín, había ofrecido pintarles retratos a las rameras si conseguía lo que quería, y ellas se sintieron ultrajadas por esa sugerencia*. No mucho tiempo después, una joven meretriz con un curioso gusto por el arte aceptó que Beckenbauer pintara su retrato a cambio de relaciones sexuales, y el retrato resultante, colgado en el apartamento de su nieta sesenta años después, lo vio un coleccionista sueco de arte que estaba de viaje, el cual, fascinado y cautivado por la obra, le ofreció a la joven, que también era prostituta, una pequeña fortuna a cambio del retrato y cualquier información que tuviera sobre su creador. Era una suma considerable, que la nieta de la meretriz inicial aceptó (las mujeres de esa familia eran especialmente hábiles en lo que se refiere al comercio de las relaciones sexuales, así que la prostitución, al igual que el retrato, era ostensiblemente una herencia). El coleccionista sueco de arte pagó a la nieta de la meretriz, también meretriz, la considerable suma ya mencionada para que le contara todo cuanto supiera del artista que había pintado el retrato de su abuela hacía tantos años, y aunque la historia era vaga y contenía varias contradicciones, el coleccionista sueco de arte recogió suficiente información como para investigar en Berlín y más tarde en Düsseldorf, y compró y reunió todo lo que el conde Hugo Beckenbauer había pintado a lo largo de su breve y trágica vida, una docena o más de retratos de prostitutas del siglo XVI, un par de enormes naturalezas muertas y una pequeña pintura, de sólo doce por catorce pulgadas, titulada *El abismo de San Sebastián*.

Estaban mis discípulos y estaban los discípulos de Schmidt, y ambos estaban en guerra y a veces yo leía artículos que detallaban las hostilidades entre aquellos dos bandos, bandos de los que yo me sentía desconectado y lejano y suponía que a Schmidt le ocurría lo mismo, es decir, que Schmidt también se sentía desconectado y lejano de sus seguidores, porque Schmidt había dejado de hacer apariciones públicas, de hecho Schmidt se había convertido en una especie de recluso, escondido en Viena, y todavía escribía libros sobre *El abismo de San Sebastián* pero ya no daba entrevistas ni asistía a conferencias o mesas redondas, se limitaba a vivir como un recluso en Austria, escribiendo libros sobre *El abismo de San Sebastián* que a menudo parecían ataques contra mis libros sobre *El abismo de San Sebastián*. A veces me paseaba por las calles de mi carísima ciudad y me veía acosado por matones incipientes a los que inmediatamente reconocía como discípulos de Schmidt, al principio por el modo en que avanzaban con sus poblados bigotes desafiantes, cultivados en honor a Schmidt, pero también por la forma en que me paraban para maldecir toda mi obra, de hecho toda mi carrera, llamándome traidor e impostor, y la dama que me acompañaba, obviamente una sustituta de mi segunda esposa, se quedaba a un lado, boquiabierta, mientras aquellos gorilas con bigote insultaban mis teorías, llegando a decir que no había estado en el aula de Oxford, en la Escuela Ruskin, en el famoso momento en que Schmidt había descubierto *El abismo de San Sebastián*, algo que todos sabíamos que era ridículo y mentira, una completa ficción, y yo lloraba por dentro, porque estaba exasperado y exhausto por lo lejos que eran capaces de llegar los discípulos de Schmidt con tal de mancillarme, o sea, para enaltecer a Schmidt, porque yo también estaba cansado, demasiado cansado en realidad, para contratacar con palabras o hechos, demasiado ocupado con el fin del mundo y mi actual relación, obviamente una sustituta de mi segunda esposa, como para pensar en los discípulos de Schmidt o incluso en los críticos y expertos que me fastidiaban incesantemente con Schmidt y el conde Hugo Beckenbauer y *El abismo de San Sebastián* y me preguntaban, en mi opinión, ¿quién iba ganando? Todo era demasiado, y cuando los discípulos de mi bando me seguían en manada, aferrando los libros en la mano, suplicando oír mis planes para el siguiente *asalto* o *ataque*, en referencia al próximo libro o artículo que planeaba escribir, yo deseaba insultarlos, yo deseaba destruirlos a todos, porque lo que deseaba más que nada era estar *junto* a Schmidt, *en sintonía* con Schmidt, a los pies de *El abismo de San Sebastián* con Schmidt, las manos ahuecadas a ambos lados de nuestras caras, debatiendo sobre arte, trascendencia y la gloria del apocalipsis.

61

Wilhelm Franz Günther, había sugerido yo, un nombre inventado. *Wolfgang Friedrich Groß*, había sugerido Schmidt, ambos tratando inútilmente de dotar de significado a las iniciales en la esquina inferior izquierda de *El abismo de San Sebastián*, el WFG grabado en la pared del precipicio, en muchos sentidos el aspecto más misterioso del cuadro, el aspecto más debatido e investigado, y no sólo por nosotros sino también, más adelante, por los historiadores de arte más jóvenes, una generación detrás de nosotros, la mitad de ellos seguidores de Schmidt y la otra mitad seguidores míos, y ningún bando pudo dar con el significado de la dedicatoria, la razón de ser de esas letras, un acertijo eterno que eludía a los eruditos más disciplinados. Allí estaban, tres letras insolentes, bien legibles, sin ninguna explicación. Estudiar las páginas de los diarios de Helga Heidel, peinar los archivos tanto en Düsseldorf como en Berlín, realizar búsquedas de nombres, intercambiar apodos con lugares, lugares con apodos, nada de eso condujo a nada. Schmidt y yo habíamos estado en innumerables museos, visitado las sociedades históricas y oficinas de archivos tanto en Berlín como en Düsseldorf, e incluso ido a Lisboa, donde se había fundado una escuela de arte privada para estudiar las tres obras existentes de Beckenbauer, porque nadie en el mundo aprecia a Beckenbauer como los portugueses, especialmente los habitantes de Lisboa, donde Beckenbauer es lo más cercano a una celebridad que un artista puede aspirar a ser. Rastreamos los papeles privados y crónicas de la época y no obtuvimos nada. Visitamos Estocolmo, pero aún nada. ¿Era una dedicatoria? ¿El nombre de un amigo? ¿Un mecenas? ¿Una prostituta de la que Beckenbauer había estado enamorado? Al ser los expertos en Beckenbauer más famosos y célebres del mundo, nos preguntaban constantemente por ese asunto, y después de nuestra separación por culpa de *aquello tan horrible* que yo había dicho y escrito, a menudo, en conferencias y mesas redondas, incluso en entrevistas, yo adornaba lo que *pensaba* que significaban las iniciales, siempre asegurando a los oyentes que sólo estaba jugando, que en el mejor de los casos eran teorías en bruto, porque, a fin de cuentas, nadie había podido descubrir lo que significaban las letras WFG, y la suposición de un idiota era tan buena como cualquier otra.

62

Atravesamos la noche de Berlín, el taxi me condujo por Müllerstraße, cruzando Luxemburger y Triftstraße. Yo temblaba al sentir que me aproximaba a Schmidt y al lecho de muerte de Schmidt, aunque no visitaría a Schmidt en su lecho de muerte hasta el día siguiente. El miedo recorría mis extremidades. Preocupado, inquieto, doblé y desdoblé el papel con el email relativamente breve de Schmidt. Examiné las nueve páginas de la carta más bien sucinta de Schmidt, que no era una disculpa ni un gesto de reconciliación sino una recapitulación de todos sus agravios del pasado. Resuelto y firme, Schmidt vilipendiaba mis libros y mis teorías sobre *El abismo de San Sebastián*. Schmidt vilipendiaba al santo asno y la biografía crítica de Paul Klee de mi segunda esposa. Insistía de nuevo en que había sido él el primero en volver la página del libro de texto en la Escuela Ruskin y en encontrar el cuadro del conde Hugo Beckenbauer antes que yo. No era una gran discrepancia, escribía (porque tenía suficiente fe en mí para creer que si yo hubiera vuelto la página primero habría sin duda notado y reconocido la obra por lo que era), pero, aun así, escribía, encontraba profundamente perturbador que yo siempre me hubiera arrogado el mérito, y además, ¿qué decir de *aquello tan horrible* que yo había dicho en aquella mesa redonda en Nueva York? ¿De qué coño iba eso? Había puesto en tela de juicio, escribía, todo lo que yo había dicho o hecho o escrito, y no sólo sobre el conde Hugo Beckenbauer y *El abismo de San Sebastián* sino también sobre el arte mismo y la amistad y la técnica, así como las sombras y la luz cambiante, la ruina y la decadencia, realmente *todo* lo que alguna vez nos había interesado. Y cómo, preguntaba en el email, podía confiar alguna vez en su mejor amigo cuando su mejor amigo había dicho y luego escrito las palabras de un completo extraño, un extraño que evidentemente sufría de demencia o de desorden mental, quizá las palabras de un inculto o un ignorante o una persona que había recibido un golpe en la cabeza con un trozo de madera o una tubería de metal, sí, había escrito, una tubería de metal, no del todo inconsciente pero *tambaleándose* casi hasta la inconsciencia, había recibido el golpe y allí estaba yo, un célebre crítico, parloteando como un idiota sobre la *democracia* de la crítica de arte, cómo. ¿Había sido todo una farsa, exigía saber en su email, había sido todo una falsedad, una ficción, eran las tres últimas décadas, preguntaba, un *puto engaño*?

63

A Schmidt y a mí nos preguntaban a menudo *por qué*. ¿Por qué *El abismo de San Sebastián*? Nuestras obras –los discursos, los libros, los ensayos en forma de libro– hablan por sí mismas, contestábamos. Pero ¿quién puede negar la fusión de lo alto y lo bajo? ¿Los motivos de grandeza extática –los apóstoles, la caída del hombre, la resurrección– mezclados con lo insignificante? ¿Lo elocuente confundido con lo banal, lo magnífico entretejido con lo vulgar? *El abismo de San Sebastián* sugiere un alma en guerra consigo misma, un alma desesperada por creer en las obras de Dios pero que vive en un mundo que no muestra evidencias de ellas. Consideremos el tórrido conflicto entre las pinceladas, decíamos. Consideremos las líneas que encierran el drama, decíamos también, dando al espectador una sensación casi instantánea de claustrofobia. Las parras a lo largo de la pared del precipicio, que sugieren naturalismo, se enredan alrededor de una espada flamígera, lo que augura lo abstracto. ¿Quién, preguntábamos, sería *incapaz* de amar y reverenciar *El abismo de San Sebastián*? Schmidt podría decir *técnica*. Yo podría decir *fisicalidad*. Schmidt podría decir *perspectiva*. Yo podría decir *sombra*. Schmidt podría decir *ansiedad*. Yo podría decir *desesperación*. Las razones, por supuesto, eran interminables, y resultaba imposible concebir mi vida sin *El abismo de San Sebastián* y aún más imposible concebir mi vida antes de *El abismo de San Sebastián*, los días antes de Oxford y la Escuela Ruskin, antes de conocer a Schmidt, todo un conjunto de horas aburridas y sin inspiración; al volver la vista atrás, veía mi juventud como una extensión vacía, un desierto de días repetidos sin luz ni esperanza, una existencia en la que sólo era vida y promesa la *posibilidad* del conde Hugo Beckenbauer y *El abismo de San Sebastián*.

64

Se sabe poco de los años del conde Hugo Beckenbauer como aprendiz en Berlín. Vivía en alguna parte. Comía. Sobrevivía. Pero sucedió algo perturbador, algún acontecimiento catastrófico en torno a sus veinte años que provocó una guerra interior entre creer y no creer, entre el mundo físico y el espiritual, y aunque nunca podremos conocer la vida interior de Beckenbauer, abundan los indicios en *El abismo de San Sebastián*, y en mi décimo libro, *El ensamblaje*, exploro esa evidencia con vigilante meticulosidad. Durante la escritura de *El ensamblaje*, me escondí del mundo, acompañado por mi novia, obviamente una sustituta de mi segunda esposa, a quien no le importaba mi obsesión con el fin del mundo, sino que la veía como una rareza encantadora, inofensiva pero crucial para mi trabajo. Dejé de lado el ruido y el clamor de los discípulos de Schmidt, que habían crecido en número (al igual que en la ferocidad de sus ataques) y evité la reverencia y adoración de mis propios discípulos para entregarme incondicionalmente al conde Hugo Beckenbauer y a la escritura de *El ensamblaje*. De vez en cuando escuchaba rumores del mundo del arte sobre Schmidt: que Schmidt había vendido el hogar vienés de sus padres fallecidos para instalarse en Berlín; que Schmidt estaba escribiendo su último libro sobre Beckenbauer, el cual iba a ser la *última palabra* sobre *El abismo de San Sebastián*; que sus diversas dolencias le habían pasado factura y Schmidt se había refugiado en Berlín, donde escribiría su *libro final*, el cual iba a ser, afirmaba, la *última palabra* sobre *El abismo de San Sebastián*; y que luego se retiraría, porque después de ese libro, al parecer había declarado Schmidt, no quedaría nada que decir. Así que esperé y los discípulos de Schmidt esperaron y todo el mundo del arte, creo, esperó por la *última palabra* de Schmidt sobre el conde Hugo Beckenbauer y *El abismo de San Sebastián*, porque ¿quién podía saber lo que contendría?

65

La noche del 1 de septiembre de 1625, estalló un incendio en Estocolmo, en las inmediaciones de Stadsholmen para ser más específicos, y en la calle Kåkbrinken para ser aún más específicos. El coleccionista sueco de arte, que había pasado la última década viajando por Europa, coleccionando arte y engañando a su esposa, no estaba en casa cuando el incendio, que duró tres días, barrió la ciudad matando a su familia y destruyendo su vasta colección de maestros del Renacimiento y holandeses. El Gran Incendio de Estocolmo duró tres días y cambió para siempre el trazado del barrio de Stadsholmen; también condujo a la aprobación de protocolos antincendios más estrictos para una ciudad que se había librado de guerras, plagas y hambrunas, pero no de incendios. Alertado de la desgracia, el coleccionista sueco de arte corrió a casa desde Basilea, a donde había ido para comprar arte y posiblemente engañar a su esposa. La única estancia de su casa que había sobrevivido parcialmente albergaba su colección de artistas oscuros europeos, la mayor parte del siglo anterior, una confusa colección de excéntricos desconocidos por los que el coleccionista sentía una extraña predilección. Incluida en esa colección figuraba una serie de retratos, principalmente de prostitutas marcadas por la viruela; desgraciadamente, esos retratos quedaron destruidos. Aunque la escena nunca se ha descrito, yo siempre he imaginado al coleccionista saltando del carruaje, presa de la desolación, para lamentarse por las cenizas de su vida, ahora perdida, para contemplar los restos carbonizados, para llorar la pérdida de sus seres queridos, su patrimonio, su colección de antiguos maestros, tantísimas cosas. Y he imaginado al coleccionista contemplando la única estancia que se salvó parcialmente, con parte de la techumbre destruida y un rayo de luz partiendo de las nubes como la vara de la divinidad e iluminando los tres cuadros supervivientes de Beckenbauer, las dos obras menores y *El abismo de San Sebastián*, y he imaginado al coleccionista sueco, como Schmidt y yo siglos después, consagrando esas obras, convencido de que algún ser celestial había juzgado que merecían ser salvadas, y aunque soy un orgulloso no creyente, como Schmidt, siendo la única religión verdadera, a nuestros ojos, la incredulidad misma, y si no la incredulidad entonces el arte, sí, el arte era nuestra religión, aún encuentro consuelo en esta historia fraguada totalmente por mi propia imaginación. Llamémosle nube celestial o estrella, un ser mayor diciendo, en esencia: *He salvado la pintura más grande de la historia de la humanidad junto con dos obras grotescas para instruiros sobre el contraste, para mostrar a la raza humana qué es arte y qué no es arte*. Nada más se sabe del coleccionista sueco de arte salvo el hecho de que, poco después del incendio, donó las obras de Beckenbauer a la Livrustkammaren y desapareció en el torbellino de la historia.

66

Recluido en mi carísimo apartamento, me paseaba y meditaba, inquieto ante la aparición de mi próximo libro, *El ensamblaje*, y si saldría antes o después del próximo libro de Schmidt, porque si el próximo libro de Schmidt era, como afirmaba él, la *última palabra* sobre el conde Hugo Beckenbauer y *El abismo de San Sebastián*, ¿dónde dejaba eso entonces a mi próximo libro, *El ensamblaje*? Y me asomaba a las ventanas de mi carísimo apartamento en la carísima ciudad, no sólo una ciudad cara sino una ciudad *prohibitivamente* cara, una ciudad llena de millones de almas viviendo sus vidas a espaldas del arte, ajenas a la ruina y la decadencia, un millón de almas exhaustas indiferentes al apocalipsis, cruzando las calles, subiendo y bajando de coches, intercambiando alegría y dolor, descontento y desesperación, las infinitas emociones a las que todos somos invariablemente proclives, sin que a ninguno le interesara una mierda el arte, sin que ninguno supiera, de hecho, ni lo más mínimo sobre el conde Hugo Beckenbauer o *El abismo de San Sebastián*, y pensé en llamar a mi editor y preguntarle si debería publicar *El ensamblaje* antes o después, es decir, antes o después del libro de Schmidt, lo que Schmidt llamaba la *última palabra* sobre *El abismo de San Sebastián*, porque yo no sabía si la *última palabra* de Schmidt sería realmente la *última palabra* o simplemente un modo de provocarme, porque cada uno de nuestros libros se había convertido en un ataque, una respuesta, cada uno más virulento y personal que el anterior, y yo ya no recordaba a quién le tocaba retirarse o atacar, aunque nuestros acólitos sabían perfectamente cómo iba el marcador, porque había simposios abarrotados de discípulos nuestros, es decir, míos y de Schmidt, que no tenían reparos en debatir y discutir y luchar, frecuente y tenazmente, para anotar victorias a cada nombre.

Entre tanto, mi novia, obviamente una sustituta de mi segunda mujer, peinaba las revistas de arte en busca de cotilleos y habladurías de mis discípulos y los de Schmidt, es decir, los artículos escritos por nuestros discípulos en contra de uno o de otro: discusiones sobre técnica por encima de emoción o sobre la inverosímil y distante expresión en los ojos del santo asno y si era optimista o trágica; y oía sus carcajadas desde la otra habitación mientras yo sudaba y me obsesionaba con el ensamblaje de mi libro, *El ensamblaje*, y si los capítulos estarían dispuestos en el orden correcto, me preguntaba, si el orden de los capítulos beneficiarían mis argumentos, es decir, si sería la mejor configuración para desviar los dardos de la crítica lanzados por Schmidt y la facción de Schmidt. Y entre tanto, la obvia sustituta de mi segunda esposa gritaba e insistía en que saliera. Tienes que leer esto, chillaba, o, *Jesús*, qué cojones tienen estos gilipollas, es decir, los seguidores de Schmidt, y cuanto más insistía ella en que prestara atención a los asuntos externos de nuestras facciones, es decir, la de Schmidt y la mía, más profundamente me encerraba yo en mi capullo. A veces, para calmar mi ansiedad, soñaba con saltar por la ventana de mi carísimo apartamento y estrellarme contra la acera de mi carísima ciudad, los huesos aplastados, todo negro. No más libros. No más cuadros. No más libros *sobre* cuadros. No más sustituta de mi segunda esposa, que no amaba el arte ni le gustaba, que sólo admiraba, como mucho, la *idea* del arte, que disfrutaba con los escándalos y rumores que revoloteaban alrededor del arte como mosquitos alrededor de la carroña, picoteando en la carne y los huesos del arte hasta que no quedaba nada que recordase al arte. Nunca más nada de nada, reflexionaba, una nada como las pinceladas de color púrpura por encima y por debajo del centro del segundo *cuadro del mono*, una negrura tan oscura que era cósmica e interminable.

67

La estética del segundo *cuadro del mono* sugiere que incluso Beckenbauer sabía que había ido demasiado lejos con la insolente fealdad del primer *cuadro del mono*, porque en el segundo *cuadro del mono* hay una contención y serenidad que no se encuentran en el primer *cuadro del mono*, en el que se toman libertades y abundan los experimentos fallidos. Pese a que Schmidt prefería el primer *cuadro del mono* al segundo, ambos compartíamos el mismo odio por ambas obras menores, y aunque éramos célebres en todo el mundo del arte por nuestro descubrimiento del conde Hugo Beckenbauer, Schmidt y yo sermoneábamos con una animadversión casi patológica contra los *cuadros del mono*, una animadversión que bordeaba el aborrecimiento, porque lo único que queríamos, naturalmente, era hablar sobre *El abismo de San Sebastián*. Y en esos primeros años yo visitaba a Schmidt en Austria y Schmidt, igualmente, me visitaba en los Estados Unidos, a pesar de que llamaba a los Estados Unidos *un ejercicio del ridículo* o *un niño obeso con conmoción cerebral*, y Schmidt conoció a mi primera esposa, a la que despreciaba, y luego a mi segunda esposa, a la que despreciaba aún más, y en cenas y recepciones Schmidt se dedicaba a atacar a mi primera esposa y luego a la segunda, sus opiniones sobre arte y teoría del arte, y las discusiones que seguían podían durar horas. Mi segunda esposa, sin embargo, estaba bien pertrechada contra esos ataques, porque no sólo estaba versada en arte e historia del arte, sino que ella misma era profesora y erudita, y yo veía cómo Schmidt se atusaba el bigote mientras se burlaba del gusto de mi segunda esposa, describiendo todo el arte moderno como un subproducto del arte real, queriendo decir que era *basura*, y calificaba la línea de trabajo de mi segunda esposa como *la ciencia forense de la porquería*, y mi segunda esposa se reía, una risa estridente, una carcajada muy clara, una risa que yo encontraba adorable pero que Schmidt debía de encontrar irritante, porque no estaba acostumbrado a que se rieran de él, no en Europa y ciertamente no en los Estados Unidos, y menos por parte de una americana. Por ejemplo, una noche en particular, Schmidt explicó que la profunda indiferencia del conde Hugo Beckenbauer hacia la realeza y los reyes en sus tres obras supervivientes era algo valiente y progresista para un artista que provenía del campo –era una conversación después de cenar, en un sombrío restaurante en Belgrado, y habíamos salido a cenar los tres después de un simposio sobre el dilema de la estética o la confusión del misticismo o quizá la falsa apariencia del arte abstracto, no me acuerdo–, y mi segunda esposa se rio de Schmidt y Schmidt le preguntó qué era lo que encontraba tan divertido, lo que hizo que mi segunda esposa se riera aún más, prácticamente sin poder contenerse, agarrándose al borde de la mesa mientras las lágrimas rodaban por sus mejillas, y él preguntó de nuevo, exigió saber qué era lo que ella, mi segunda esposa, encontraba tan jodidamente hilarante, y entonces ella realmente se moría de risa, y yo permanecí sentado en el medio, deseando que parara, y mi segunda esposa, carcajeándose, llorando a mares, era incapaz de parar, los comensales mirando, mi segunda esposa secándose los ojos con la servilleta, sacudiendo los hombros, con una risa que no sólo *no* cesaba sino que *aumentaba*, Schmidt y yo sin saber la razón, y cuanto más le preguntaba Schmidt más fuerte se reía mi segunda esposa, y el hecho es que no le proporcionaba ninguna respuesta a Schmidt, de hecho *rehusaba* proporcionarle una respuesta a Schmidt sobre lo que encontraba tan divertido, lo cual, unido al éxito de su biografía de Klee, fue más de lo que Schmidt podía soportar, y más tarde, en el hotel, cuando insistí en que me dijera qué era lo que había encontrado tan gracioso, mi segunda esposa, como si fuera lo más obvio del mundo, gritó: *¡Él! ¡Él!* Es un hombre absurdo, dijo, y cuanto más serio se pone más absurdo se vuelve. Y en el fondo sentí que estaba expresando su opinión tanto de Schmidt *como de mí*, que esa era la opinión que tenía de su marido después de ocho años de matrimonio, ocho años en que yo había apoyado a Schmidt y ensalzado a Schmidt y creído que el arte que nos importaba a Schmidt y a mí era más importante y elevado que el arte que le interesaba a ella. En cualquier caso, fue más de lo que Schmidt podía tolerar, que se rieran de él, y la siguiente vez que nos vimos dijo que mi segunda mujer estaba muerta, al menos para él, algo ante lo que, en otros tiempos, yo habría protestado, pero ella y yo ya estábamos en terapia, ella era profundamente infeliz y yo hablaba incesantemente del santo asno y el fin del mundo, a menudo de ambas cosas, así que no nos iba bien, quiero decir nuestro matrimonio, y no pude reunir la energía necesaria para defenderla o carecía totalmente de ella.

68

Aparqué mi libro sobre el santo asno y escribí en cambio *El ensamblaje*, porque, para ser sinceros, me ponía nervioso pensar en terminar mi libro sobre el santo asno, dar realmente los últimos retoques a mi libro sobre el santo asno por culpa de Schmidt y los seguidores de Schmidt y los inevitables ataques que sufriría una vez publicado, ataques no sólo contra mí sino contra el santo asno y contra mi libro sobre el santo asno, y esto me resultaba algo terrible de pensar, porque el santo asno era sin duda mi detalle favorito de *El abismo de San Sebastián*, pero también, en mi opinión, el aspecto más imperecedero de *El abismo de San Sebastián*, el más inocente y perdurable, y un ataque contra mí podría soportarlo, era algo por lo que ya había pasado, pero no poseía la fortaleza para soportar ataques contra el santo asno y mi libro sobre el santo asno, y además, ¿no había sufrido ya bastante el santo asno?, me preguntaba en voz alta en mi estudio, ¿no había el santo asno presenciado el incendio de Jerusalén?, también me preguntaba en voz alta en mi estudio mientras renunciaba a terminar mi libro sobre el santo asno, mientras, de hecho, *aparcaba* mi libro sobre el santo asno, por inquietud y por miedo, para escribir en cambio *El ensamblaje*. ¿Y qué es un crítico de arte con miedo?, me preguntaba también en voz alta en mi estudio. ¿Qué es un crítico de arte que esquiva la angustia y la duda, censurándose y esterilizándose a sí mismo en vez de decir lo que piensa? Un crítico de arte dominado por el miedo es impotente, me respondía a mí mismo, también en voz alta en mi estudio, sí, me repetía, pero esta vez en voz más baja, sí, ese crítico de arte es estéril y está derrotado y muy bien podría, como dice la expresión, *colgar las botas*, porque ese crítico de arte ya no es un crítico de arte sino la cáscara de su antiguo ser, y por último me decía a mí mismo, de nuevo en voz alta en mi estudio, muy bien podría ser la hora de colgar mis propias botas, porque ya no era yo mismo, ya no era la autoridad audaz y valiente que había sido en mi juventud, sino un crítico temeroso de criticar, un crítico que vivía con miedo al ridículo, a que me ridiculizaran a mí, ciertamente, pero igualmente a que ridiculizaran el libro que había aparcado sobre el santo asno.

69

El Brandenstach, un edificio elegante de estilo guillermino que en nada sugería que mi antiguo mejor amigo y ex guía espiritual, además de exconfidente en el arte y la historia del arte, yacía agonizando entre los confines de sus muros, se alzaba inofensivo en la Reichenberger Straße, en el centro de Kreuzberg. *Bien,* me dije, *este edificio, el Brandenstach, con sus motivos históricos y su elegante composición, parece exactamente el tipo de edificio que imaginaba que Schmidt escogería para enfrentarse a la muerte.* Antes de llamar al taxi leí y releí el email, las nueve páginas arrugadas de tanto doblarlas y desdoblarlas, del insistente subrayado durante el vuelo, cada palabra grabada en mi mente, la virulencia y la furia de Schmidt difíciles de reconciliar con el hombre que imaginaba acercándose al abismo, su implacable e incurable odio por *aquella cosa horrible* aún intacto años después de que yo la dijera y escribiera, su enfoque miope sobre lo que es arte y lo que no es arte, así como quién puede decidirlo, seguía siendo el tópico que más irritaba su alma. Llegué al Brandenstach un poco antes del mediodía y le pedí al taxista que esperase; atisbé desde el asiento trasero del taxi, en busca de alguno de los discípulos de Schmidt, esos fervorosos acólitos que vivían por todo el mundo y no vacilarían en volar a donde se les necesitase para contribuir a la causa, la cual era, en esencia, ensalzar a Schmidt y respaldar a Schmidt, y por tanto calumniarme a mí; miré a través de la ventanilla trasera en busca de la más mínima señal de la presencia de los fanáticos de Schmidt, todos ellos ansiosos de crear problemas llamándome cobarde, farsante y *enemigo del arte.* Me preocupaba que de algún modo se hubiera corrido la voz de mi llegada a Berlín, de mi visita para ver a Schmidt en su lecho de muerte, aunque confiaba en detectar rápidamente su presencia, porque, en primer lugar, los bigotes que se dejaban en honor a Schmidt resultaban muy evidentes, y en segundo lugar, porque tenían un modo inconfundible e insistente de atacarme agitando en sus manos o *Agosto en rapsodia* (el primer libro de Schmidt) o *Reino mancillado* (el octavo libro de Schmidt), aunque, para ser sinceros, podría haber sido fácilmente cualquiera de los diversos libros de Schmidt, el segundo tanto como el cuarto, el quinto tanto como el sexto, porque yo había visto a esos sicofantes en distintas ocasiones sosteniendo títulos diferentes, algunos de ellos con prólogo o epílogo escritos por un servidor, aunque el primero y el octavo libro de Schmidt eran infaliblemente los más destacados y por tanto los que con más frecuencia enarbolaban. A regañadientes, me aprendí los nombres de algunos de los discípulos de Schmidt más fervorosos, no porque quisiera, sino porque a la obvia sustituta de mi segunda esposa nada le gustaba más que leer en voz alta artículos sobre nuestras así llamadas *hostilidades*, y con frecuencia me convocaba a la sala de estar para leerme algún insulto especialmente divertido, y siempre de fondo en nuestra casa estaba el sonido del televisor (a la obvia sustituta de mi segunda esposa le *encantaba* la televisión) y yo tenía que escuchar a nuestros discípulos, los míos y los de Schmidt, discutiendo en mesas redondas o siendo entrevistados sobre en qué bando –el de Schmidt o el mío– militaban y por qué, y a menudo surgía la voz de Tristan Molyneaux, porque él era sin duda el tercer erudito beckenbaueriano más importante después de Schmidt y de mí y obviamente le pedían aparecer como invitado en algún programa estúpido pero específicamente centrado en el arte, y Molyneaux, por supuesto, no podía resistirse, e invariablemente le preguntaban por su opinión sobre las *hostilidades* entre Schmidt y yo, y Molyneaux se alineaba conmigo en un libro y con Schmidt en otro, dependiendo del clima del momento y de quién estuviera a favor; Molyneaux moralizaba, pontificaba y expresaba *su profunda decepción* y *absoluta congoja* por mi desacuerdo con Schmidt y nuestras actuales *hostilidades*, cuando yo sabía que nada podía hacerlo más feliz. Una tarde, la obvia sustituta de mi segunda esposa me espetó: *Lo están televisando desde Lisboa*, es decir, la mesa redonda o conferencia o simposio que estaba viendo, sin caer en que Portugal era el hogar de los admiradores más fervientes y leales de la obra del conde Hugo Beckenbauer en todo el mundo, que, incluso por delante de España y Polonia, los portugueses *reverenciaban* más que nadie al conde Hugo Beckenbauer y sus tres obras supervivientes, y cada año en octubre se celebraba un desfile que recorría las empinadas y sinuosas calles de la Lisboa vieja en homenaje a las tres obras supervivientes de Beckenbauer, con niños disfrazados de la serpiente o los apóstoles o incluso el santo asno, fuegos artificiales iluminando el oscuro cielo entintado, bandas de metales tocando y botellas de *vinho verde* que se bebían sin restricciones, y a pesar de que las obras de Beckenbauer están expuestas en Barcelona, en el Museu Nacional d'Art de Catalunya para ser más específicos, en la Galería Rudolf para ser aún más específicos, los portugueses adoraban *El abismo de San Sebastián* y las dos obras menores y no era insólito encontrar reproducciones tanto baratas como caras de las obras de Beckenbauer adornando las salas de estar de las clases media y alta de Lisboa específicamente, pero también del resto de Portugal, y ella, que no entendía nada de esto, porque la sustituta de mi segunda esposa era tan perezosa como incapaz de entender que Portugal era, de hecho, el país que primero nos había festejado a Schmidt y a mí, Portugal el primero en abrazarnos después de que descubriéramos, o redescubriéramos, *El abismo de San*

Sebastián, que nuestras primeras conferencias, nuestras primeras entrevistas, nuestros primeros pasos en el escenario del mundo fueron en Portugal, en Lisboa en particular, siendo Schmidt y yo muy jóvenes, apenas unos años después de dejar la Escuela Ruskin, y la sustituta de mi segunda esposa nunca lo entendería porque no compartíamos ninguna historia y ella no tenía el menor deseo de estudiar historia porque estaba profundamente incrustada en el ahora. Además de la frustración de si publicaría *El ensamblaje* antes o después de la *última palabra* de Schmidt sobre el conde Hugo Beckenbauer, también me agobiaba una idea cada vez más insistente, a saber, empezaba a considerar la posibilidad de expulsar o desalojar, en suma, de *suprimir* a la obvia sustituta de mi segunda esposa de mi carísimo apartamento y en consecuencia de toda mi vida, debido a que su comportamiento, específicamente la televisión y el cotilleo y la obsesión tanto con mis acólitos como con los de Schmidt, estaba perjudicando severamente mi salud mental, y tener a la obvia sustituta de mi segunda esposa paseándose y hablando, incluso *respirando*, por mi prohibitivamente caro apartamento en una ciudad demasiado cara para la mayoría era un tormento constante para mí, y soñaba con la soledad, de hecho me repetía la palabra *soledad* todo el día, como un mantra, *soledad*, susurraba, *soledad*, repetía, *soledad*, decía, intentando convencer a alguna forma de aislamiento a manifestarse simplemente invocando la propia palabra. *Soledad*, murmuraba suavemente, *sin ti moriré.*

70

Al llegar a Berlín tras una peregrinación por la Alta Baviera, donde había ido a venerar a la Virgen Negra de Altötting, Klaus Vogel, un joven sacerdote jesuita, pagó una noche de alojamiento en una casa de huéspedes en las afueras de la ciudad mientras se hacían los arreglos en la catedral en la que iba a servir, y todos estos detalles, pequeños, triviales y cotidianos, condujeron al encuentro de Vogel con el Beckenbauer moribundo, el cual, al otro lado de una delgada pared, estaba agonizando a causa de la sífilis en estado avanzado, aunque ahora estaba más cerca de la sífilis en *estado final* o *estado terminal*, porque había padecido sífilis en estado avanzado durante años y la enfermedad había avanzado considerablemente desde la que había padecido al principio, durante sus días en Düsseldorf, de modo que esa sífilis en *estado final* o *terminal* resultaba espantosa, con Beckenbauer aquejado de fiebres descontroladas, parálisis y purulencias, por no mencionar las alucinaciones que atormentaban al artista en un aluvión casi incesante, alucinaciones que eran la única puerta disponible para volver a ver, porque Beckenbauer llevaba ciego más de un año y esas alucinaciones hacían que Beckenbauer gritase ante ángeles y espectros, todo tipo de exhortaciones sobrenaturales, suplicando la muerte o algo que se pareciera a la muerte, cualquier alivio del horror incesante, y al otro lado de la pared se encontraba Klaus Vogel, sensible, temeroso de Dios, incondicional en sus creencias, que había, de hecho, tomado recientemente sus votos de castidad y pobreza; se echó a dormir sólo para levantarse al oír el sufrimiento que atravesaba la delgada pared, que describiría más tarde como un *gemido desgarrado*, y en ese *gemido desgarrado* había, al menos en la mente de Vogel, *una ardiente súplica de salvación*. En el pasillo ya se encontraba el posadero, un tipo desagradable, tan barrigudo como malhumorado, que empezó a patear la puerta de Beckenbauer, la cual, esencialmente, era *su* puerta, pero era a altas horas de la noche y estaba borracho y por eso pateaba la puerta, lo que tenía perfecto sentido, fuera de quien fuese la puerta. Vogel apaciguó al posadero y le prometió asistir al hombre enfermo, y tras quejarse y rezongar, se entiende que el posadero, desapareció escaleras arriba y Vogel se introdujo en el cuarto de Beckenbauer. Décadas después, tras una larga carrera de servicio a Dios en Europa y en varias misiones en la India, Vogel recordó ese incidente en sus diarios, publicados póstumamente bajo el título de *Vindicación: en brazos de Dios*, diarios que compuso durante la última década de su vida en las estribaciones de Himachal Pradesh, donde había hecho voto de silencio. Así fue como la escena de la muerte del conde Hugo Beckenbauer nos fue revelada, transmitida y dada a conocer, a nosotros, quiero decir, a Schmidt y a mí, y al resto del mundo.

71

En el Brandenstach todo parecía en calma. Al no ver a ninguno de los discípulos de Schmidt desde el asiento trasero del taxi, me aproximé; el portero me estaba esperando porque había llamado por la mañana para saber si Schmidt estaba consciente y lo bastante bien para recibir visitantes. Schmidt vivía en la tercera planta, había vivido en la tercera planta desde que había vendido la casa de sus padres y se había marchado de Austria casi una década antes. El portero, huraño, mayor, vestido con un traje verde oliva, hablaba inglés con una agradable entonación alemana. Rechacé el ascensor y preferí subir por las escaleras, con los dientes apretados, ya sin ser capaz de sentir mis miembros, asombrado de que el momento hubiera llegado al fin. *El momento ha llegado*, me dije, *estoy en Berlín, subiendo las escaleras del edificio de Schmidt, el Brandenstach, a punto de encararme con Schmidt en su lecho de muerte, cada escalón que asciendo, de hecho, es un escalón más arriba y por tanto más cerca de Schmidt. ¿Y qué dirá?*, me pregunté. *¿Volverá simplemente a reiterar lo que dijo en su email? ¿Con la muerte en su puerta querrá finalmente reconciliarse? ¿Me encontraré con un Schmidt enfadado o un Schmidt indulgente o quizá un Schmidt retumbante que quiere arreglar cuentas?* En el umbral de la puerta me detuve y traté de discernir algún sonido del otro lado: una respiración, una conversación, su tos familiar, cualquier cosa, pero sólo oí el zumbido monótono del aire acondicionado o de un aparato médico.

¿Fue la disposición caritativa y la piedad natural de Klaus Vogel lo que lo impulsó a salvar el alma de Beckenbauer? ¿Qué podría haber mejor, probablemente pensó el aspirante Vogel, que una gloriosa y beatífica conversión *in articulo mortis*? ¿O fue un acto de autocomplacencia que el joven sacerdote impusiera sus inflexibles creencias a un hombre agonizante? *Vindicación: en brazos de Dios*, la colección póstuma de los diarios de Vogel, da la impresión de que Vogel estaba bastante ansioso por lograr una conversión tanto si Beckenbauer estaba dispuesto como si no, por presionar al artista moribundo para que recibiera la divinidad y aceptara a Dios en su vida, por salvar a un alma, en la mente de Vogel, del fuego del infierno en el último momento y permitir que ascendiera como una paloma gloriosa hacia el paraíso. Vogel escribe: *Tras cerrar la puerta distinguí las paredes del cuarto, que temblaban a la luz amarilla de la vela. En un jergón de paja vi la figura del moribundo que yacía sobre un costado. De sus labios escapaban pequeños jadeos, como si estuviera asombrado del lugar en que se encontraba. Hijo de Dios, dije acercándome más, no estás solo. El hombre agitó los brazos, se incorporó de pronto y gritó. Vi que estaba ciego, con un trapo cubriéndole los ojos. Tenía casi toda la piel cubierta de pústulas y consideré avisar al médico más cercano, pero estaba seguro de que el hombre no pasaría de esa noche. Era en ese momento cuando mi rectitud y perseverancia se pondrían a prueba. Un hombre de Dios se queda, me dije, un hombre de Dios ofrece consuelo y auxilio a todas las criaturas de Dios. ¿Cómo podría aceptar el camino que había escogido si fracasaba en esa prueba? Y recordé el Evangelio de Lucas y al ladrón penitente. Recordé a mis mayores, que habían asistido a tantos durante la Muerte Negra, y al instante sentí el escalofrío de la divinidad que penetraba en mi carne y entraba en mi alma. Por primera vez sentí que Dios me llamaba directamente, y me sentí obligado a quedarme. Busqué un taburete y me senté junto al jergón sobre el que el hombre se había desplomado, inconsciente. Por todo el cuarto había quizá una docena de cuadros sin terminar, obra del hombre ciego, asumí, obra de la locura y el delirio. Una naturaleza muerta con un botellón; otra con un jarrón lleno de flores muertas; un paisaje campestre que mostraba, al parecer, las estribaciones de los Cárpatos con un círculo de mujeres rollizas y desnudas bailando. Una perversa pintura de un extraño animal, en parte lobo, en parte toro, que mostraba sus afilados colmillos y cuyos largos cuernos apuntaban hacia un muro de llamas. Eran las obras de un hombre que clamaba por la redención, me dije, un hombre cuya alma iba a la deriva en el abismo eterno, el abismo que separaba el bien del mal, el redimido del condenado, el ardiente abismo que uno ha de cruzar para salvarse. Y supe que quedarme en la posada era mi destino igual que supe que Dios me había llamado momentos antes, y yo había oído y aceptado su llamada, para salvar el alma inmortal de aquel hombre y ayudarle a cruzar la sima infernal.* Vogel pasó las siguientes cinco horas consolando a Beckenbauer, que no deseaba ningún consuelo ni deseaba escuchar los sermones bíblicos de Vogel o las exhortaciones de Vogel sobre la gracia de Dios y las bendiciones de la conversión, que no tenía tiempo para escuchar la obstinada insistencia de Vogel en que se volviera hacia el *rostro luminoso del Todopoderoso*, que pasara de la *incredulidad* a la *fe*; cada vez que Vogel empezaba a recitar un evangelio, Beckenbauer se revolvía en dirección a la voz, equivocándose casi siempre, y acertando una vez, de hecho, para enviar a ambos hombres al suelo. Pero, en general, Beckenbauer permanecía tumbado e inconsciente, y a pesar de la enfermedad del moribundo y la repelencia que le acompañaba, Vogel se mantuvo escrupulosamente atento a sus necesidades.

73

Llamé a la puerta de Schmidt y al instante escuché la voz familiar de Schmidt instando a entrar a quien quiera que fuese. ¡Sin ceremonias!, gritó. A lo que siguió rápidamente su tos demasiado familiar. Abrí la puerta y me encontré en la pálida oscuridad de una habitación solemnemente vacía, iluminada sólo con velas. En el centro de la habitación se alzaba una enorme cama con una máquina inmensa zumbando al lado, y en el centro de la cama estaba tumbado Schmidt, pálido y consumido, todo ángulos. El parpadeo de las velas sobre su piel resultaba terrorífico. Las cuencas de sus ojos hundidos estaban huecas, haciendo difícil atisbar las pupilas en su centro, y cuando finalmente las encontré estaban estudiándome. Has ganado peso, dijo chasqueando la lengua. Empezó a toser y a resollar y yo me quedé de pie mirando. Recibiste mi email, dijo finalmente, recomponiéndose, confiaba en aguantar hasta que llegaras, pero, como ves, dijo, me estoy muriendo. Sí, eso está decidido. Me han desahuciado. Quería arreglar las cosas antes de irme. Ese email, bueno, disculpa mi furia, pero la rabia que sentí por esa mierda que escupiste en Nueva York no ha disminuido en ¿cuánto hace, una década? ¿Década y media? Y tus libros, dijo, especialmente tus últimos libros, libros absurdos sobre *El abismo de San Sebastián*, crímenes de crítica de arte, lo siento, pero eso es lo que son, *crímenes de crítica de arte*, y cuando una persona comete crímenes ha de rendir cuentas, hay que juzgarla, y ¿quién podría hacerlo sino yo? ¿Quién conoce las interioridades de tu alma mejor que yo? Y Schmidt hubiera continuado, estoy seguro, pero sus pulmones se negaron y él se inclinó de lado mientras una enfermera aparecía desde la parte trasera del apartamento, entrando a través de un par de toldos de plástico colgados como cortinas, y atravesaba el enorme cuarto con pasos militares para darle palmadas a Schmidt en la espalda y ayudarle a expulsar las flemas que había acumulado, y con cada alivio el rostro demacrado de Schmidt, rojo por el esfuerzo, me censuraba. Nuestros *discípulos*, se lamentó *(más toses, más flemas)*, tanto los tuyos como los míos, tontos, tontunos, atontados *(más toses, más flemas)*, ridículos, eso lo sé, pero los tuyos infinitamente más ridículos que los míos, porque creen en ti y en tus libros más que en mí y en mis libros, pero tú lo quieres todo, siempre lo has querido *(más toses, más flemas)*, tú quieres que todo el mundo sea tu amigo, quieres hacer crítica de arte, pero no *ofender*, lo cual es *ridículo*, quieres ensalzarte a ti mismo, el crítico de arte, mientras le dices a todo el mundo que sus opiniones son igual de válidas, cuando sus opiniones, tú y yo lo sabemos, son *menos* válidas, de hecho sus opiniones no tienen *ningún valor*. El crítico es aquel que otorga valor a una obra, y esto no es *(más toses, más flemas)* un acto compartido. Tú no soportas la idea de hacerte enemigos, pero si no te haces enemigos no eres un crítico, porque el distintivo de un buen crítico es el número de enemigos que tiene y el nivel de esos enemigos, y ¿tú crees, logró decir, jadeando en busca de aire, un estertor en el pecho, crees honestamente que el conde Hugo Beckenbauer tenía miedo de hacerse enemigos? Y aquí la enfermera intervino e insistió en que yo esperase en la cocina, al otro lado de las cortinas de plástico, me instruyó, por el pasillo a la derecha, porque había que expulsar más flemas, explicó, lo cual era el propósito de la enorme máquina que zumbaba con incontables tubos conectados. Me senté a la mesa de la cocina, todo esterilizado, todo cubierto también con plásticos, escuchando mientras la enfermera le daba palmadas en la espalda a Schmidt, más resuellos, más toses, más *esfuerzos* por toser, esfuerzos para desalojar lo que fuera que tuviese atrapado en el pecho, toses como un millar de batallones, y yo en la lúgubre cocina, todo empaquetado en cajas, las encimeras cubiertas con plásticos, como si, en la mente de Schmidt, la muerte ya hubiera llegado, ya se hubiera instalado en la casa y apropiado de ella, o quizá Schmidt viera a la muerte meramente como un año sabático del que pronto regresaría. La tos no tardó en ceder y apareció la enfermera, que me explicó en su alemán dictatorial que Schmidt sólo podía hablar unos minutos, porque cada vez se le hacía más difícil respirar, y volví con la esperanza de que Schmidt ya hubiera terminado con la reprimenda y quisiera, como yo quería, una reconciliación. Y me quedé inmóvil ante un Schmidt desvanecido; nunca antes me había sentido tan próximo a la muerte; la vi agazapada en un rincón, estrechando los ojos, tamborileando con las uñas; el aire también había cambiado, se había estancado, casi ausentado del todo, como si el oxígeno hubiera sido succionado por el tenue asalto de la muerte y la muerte se diera a conocer, me di cuenta, por la lucha silenciosa y visceral por la vida, por la *ausencia* de vida, y cualquiera que hubiera estado en la habitación habría sabido igual que yo que el tiempo de Schmidt se reducía rápidamente.

Hubo una lucha de cinco horas, un *forcejeo* de cinco horas entre Klaus Vogel y el conde Hugo Beckenbauer, Vogel intentando convertir a Beckenbauer en creyente y Beckenbauer refugiándose en la incredulidad o el descreimiento, porque lo único que a Beckenbauer le importaba, escribe Vogel, era tener sexo. *La muerte nos contemplaba desde el umbral,* escribe Vogel, *y en medio de su sufrimiento, lo único que le importaba a aquel pecador incorregible, a aquel lunático desquiciado, era la cópula, y supe que el demonio había arrebatado su alma y que mi oportunidad se desvanecía ante mis ojos.* Esa noche, una noche al parecer interminable, una noche de guerra entablada entre la fe y el descreimiento, Dios y el demonio, la benevolencia y el rencor, confirmó a Vogel en la vocación de su vida, aunque ostensiblemente la letanía de *padrenuestros* y *avemarías* y *valles de las sombras de la muerte* no significaba nada para Beckenbauer, el cual, habiendo perdido todo movimiento de sus miembros, yacía boca arriba sobre el fétido lecho de paja, con una fervorosa erección que surgía de las sábanas como una bandera tenaz, la única señal, de hecho, de que no se había rendido. Y Vogel, de apenas veinte años, ofició sobre aquel extraño, entonó oraciones y salmos, recitó versículos e invocó a santos, y finalmente presionó las palmas de las manos sobre las ardientes sienes de Beckenbauer y suplicó a Dios que liberase el alma de aquel hombre, que perdonase sus muchas faltas. Y lentamente, laboriosamente, la noche pasó. Se oyeron los sonidos de huéspedes madrugadores, el arrastrar de pies, el resonar de palanganas de agua, los carraspeos, todo el ruido de las abluciones matutinas, devolviendo al joven al mundo físico. Vogel escribe: *Finalmente, justo al amanecer, el lunático, que más tarde descubrí que se llamaba Hugo Beckenbeuer, murió. No puedo asegurar en qué orilla del gran río desembarcó finalmente su alma. Yo era aún un neófito y no había visto suficiente de la vida o de la muerte para saberlo con certeza. Antes de llamar al médico, reavivé el fuego de la chimenea, recogí aquellas atroces pinturas y las quemé. Enterraron al hombre, según oí decir, al día siguiente, aunque yo ya había partido para emprender mi trabajo en la catedral en Nikolaiviertel.*

75

Pobre Schmidt condenado. Incluso su bigote, su rasgo más distintivo cuando estaba enfadado o enardecido, parecía anémico. Nueva York, dijo, ¿recuerdas lo que dijiste y luego escribiste? Asentí. ¿Y te arrepientes de haberlo dicho? Asentí. ¿Y escrito? Asentí de nuevo. Dilo, dijo. Por supuesto, me arrepiento de lo que dije, dije, y pensé para mí: No es que no lo diga en serio, pero tampoco lo digo realmente en serio. Porque lo cierto es que no me importaba una cosa o la otra. Arrepentirme de algo y *decir* que me arrepentía para mí era irrelevante; yo simplemente quería que Schmidt y yo nos uniésemos de nuevo, que fuéramos amigos otra vez y charlar apasionadamente sobre el apocalipsis y el Manierismo holandés y la gloria de *El abismo de San Sebastián* como hacíamos en Oxford, en la Escuela Ruskin, y si era tan sencillo como retirar algo que había dicho y escrito, pues adelante. Schmidt pareció aplacarse. Empezó a hablar de su *última palabra* sobre *El abismo de San Sebastián* y el conde Hugo Beckenbauer y la investigación que había llevado a cabo, principalmente en Bilbao, en la península ibérica, las cosas que había descubierto que serían de hecho la *última palabra*, porque pondría fin a muchos de los sórdidos rumores, las cosas que había decidido no publicar sino *legarme* a mí como un regalo por nuestros años de amistad, los años del principio y del medio, por supuesto, no los últimos años, que habían sido una verdadera caricatura, los años en que me casé con aquellas *zorras absolutas*, jadeó, la primera una inculta, la otra una pseudoestudiosa dedicada a la *ciencia forense de la porquería*, pero había decidido, dijo, que si volaba a Berlín a verle y me arrepentía de lo que había dicho y escrito entonces me *legaría* lo que había descubierto, y ahora consideraba conveniente hacerlo así. ¿Y qué vas a legarme?, pregunté. Schmidt sufrió otro espasmo de tos y de nuevo la enfermera asomó la cabeza por las cortinas de plástico y nos contempló con muda severidad, pero Schmidt, al sentir su presencia, la despidió con un gesto, y parte de mí creyó que la enorme máquina había hecho su trabajo, porque Schmidt pareció ligeramente revigorizado. WFG, jadeó Schmidt, WFG, repitió, las *iniciales*. En la parte inferior de *El abismo de San Sebastián*, dijo, bajo la pared negra del acantilado. Y mi corazón se desplomó y pude ver el júbilo de Schmidt al desplomarse mi corazón, lo cual, para él, probablemente se pareció más a un estremecimiento enorme y devorador que a ninguna otra cosa, porque yo sabía exactamente qué quería decir y que había descubierto el significado de la dedicatoria o, para ser más precisos, para quién era la dedicatoria. ¿La península ibérica?, pregunté. Una larga historia, dijo, con los labios manchados de sangre y el fino bigote embadurnado de ella. Podría simplemente morir contándotelo, pero quiero decir que una vez que descubrí el origen de las iniciales, una vez que obtuve pruebas categóricas de las iniciales WFG y su significado, u homónimo, cada libro que escribías te hacía parecer más tonto, más ignorante del único tema que te ha interesado alguna vez, y ya no estaba enfadado, no, no sentía ira, sentía pena, pena por ti y por tus terribles libros no sólo mal escritos sino en la *dirección equivocada*, libros escritos no *hacia* sino *lejos* de *El abismo de San Sebastián*. Más toses. Más flemas. La enfermera que venía. Una discusión sobre la máquina y conectar los tubos, el aparato que debía ayudarle a respirar. Schmidt negándose. Schmidt insistiendo en que la enfermera le dejase en paz, con una mirada desafiante. La enfermera que se perdía entre las sombras. Lo descubrí todo, consiguió decir Schmidt finalmente, incapaz de incorporarse, tumbado de lado, con la bandeja de metal pegada al pecho, la bandeja de metal llena de sangre y flemas. Descubrí el significado de las iniciales y eso lo cambió todo, el santo asno, la serpiente, la ciudad en llamas, que, por cierto, ni está ardiendo ni es una ciudad. No, estábamos equivocados en todo y las iniciales lo confirmaron. Y las dos obras menores, dijo, no son menores sino *más*, más importantes, más trascendentes, una vez que entiendes las tres letras y entiendes, por supuesto, el contexto de las tres letras. Finalmente vas a entender la luz de Dios y el significado de Cristo. *¿Cristo?*, dije. Estábamos equivocados en todo, me espetó con los labios purpúreos y brillantes. *¡En todo!*, rugió. *¡En todo!*, chilló con un hilillo de sangre colgando de su barbilla, la cara deformada, los ojos espantados. Pero un crítico sin principios ni siquiera sabría que se ha equivocado, dijo, menos aún *rectificar*. Oh, sí, la luz de Dios y la grandeza de la fe, y cuando tu alma vea la luz, una luz fervorosa, una luz sin igual, la majestuosa luz de Dios que es inacabable y resplandeciente, una luz que enciende el espíritu en luminosa gloria, entonces lo sabrás, y Schmidt, resollando como un buceador que acabara de salir a la superficie después de una larga zambullida, me miró triunfante y enfermo a la vez, más vivo y más débil de lo que lo había visto nunca, ambas cosas a la vez. Y te dejé escribir tus libros y disfrutar de tus acólitos, jadeó, que eran un poco más tontos que *mis* acólitos, porque te escogieron a ti en vez de a mí. ¿Y las iniciales?, pregunté. Lo tengo todo, dijo, toda la investigación inmaculadamente almacenada en mi mente, e intentó reír, lo que lo hundió en toses, lo que lo condujo a una nueva discusión con la enfermera, esta vez en alemán, sobre la máquina y los tubos y el que yo estuviera allí, y Schmidt, en un valeroso esfuerzo contra la muerte, se incorporó y la echó con un gesto, con los ojos como vacíos, más trastornados y desesperados de lo que yo habría creído posible, pero también decididos, brillando como bayonetas, temblando febriles, y, por supuesto, así era la muerte, me dije, ¡contempla la muerte! La muerte era un fantasma disfrazado, una tarea tediosa encargada sin excepción a todos nosotros. Schmidt hizo una mueca. Iba a escribir sobre ello en mi último libro, jadeó, mi *última palabra* sobre el conde Hugo Beckenbauer y *El abismo de San Sebastián*, pero no pude, no tenía la fortaleza, no tenía el coraje de mi juventud, así que planeé contártelo a ti, dijo, si venías y pedías perdón, lo cual has hecho, así que te daré lo único que necesitas, que es la ubicación y la dirección que te explicarán las iniciales, y si tienes paciencia lo sacaré. Jadeó. Vomitó sangre. Y entonces Schmidt de espaldas, mirando al techo, y la enfermera que me arrastraba a la cocina, insistiendo en su muy militarizado alemán que me quedase *allí quieto*. Y yo esperaba oír más toses, más esfuerzos, como mínimo más discusiones, o el zumbido de la enorme máquina aparcada como un coche en su sala de estar, pero no hubo lucha ninguna, *porque* Schmidt había muerto.

Schmidt no dejó instrucciones, ni información sobre su investigación, ningún detalle sobre las pruebas o las deducciones tras las iniciales. La dirección y la ubicación, dónde y con qué estuvieran relacionadas, nunca se divulgaron, nadie las anotó. Había hecho quemar sus papeles el mes anterior, y en su testamento lo dejaba todo, incluyendo diversas propiedades, no a una universidad o a un museo, o para el estudio de las tres obras existentes del conde Hugo Beckenbauer, sino a una oscura iglesia en las afueras de Viena. Y no pude verificar nada, es decir, ni la *dirección* ni la *ubicación*, porque los pulmones y la garganta de Schmidt se habían llenado de sangre, y parecía la broma más perversa posible, estar tan cerca y no averiguarlo nunca, y sus bobadas sobre la luz de Dios y Cristo, algo aún más perverso. Eran tonterías, me dije, tenían que ser tonterías. Y me pregunté: ¿Debería escribir más libros sobre *El abismo de San Sebastián* si esos libros, como afirmó Schmidt, no me acercan a *El abismo de San Sebastián* sino que me alejan de *El abismo de San Sebastián*, si son, de hecho, insultos a *El abismo de San Sebastián*? Schmidt había sembrado en mí la duda, había envenenado mi alma; ¿cómo iba a escribir nada sabiendo que había algo que, ostensiblemente, no sabía? El conocimiento de mi propia ignorancia me hacía culpable. Y recorrí la península ibérica y busqué lo que fuera que Schmidt hubiera descubierto. Peiné Bilbao y Toledo y Málaga, los museos y también las oficinas administrativas y los archivos oficiales de cada una de esas ciudades, y no sólo no obtuve nada sino menos que nada, porque salí más confuso de lo que había entrado. ¿Había vivido allí alguna vez Beckenbauer? ¿Se había llevado un coleccionista las tres obras después del gran incendio? ¿Qué coño había en la península ibérica? El nombre de Beckenbauer no aparecía por ninguna parte. Viajé a los pueblos de Cataluña, a las ciudades grandes. Pasé una semana en Tarragona. Un mes en Zaragoza. Peiné el País Vasco. Lo hice durante tres largos años, hasta que un día descubrí que ya no me interesaba, algo en mi interior se había roto o quizá yo había muerto con Schmidt y simplemente no me había dado cuenta, no sabría decirlo, pero ya no sentía nada por el conde Hugo Beckenbauer o por *El abismo de San Sebastián* o por las dos obras menores, también conocidas como los *cuadros del mono*, que Schmidt había insistido en que no eran realmente menores sino *más*, más importantes y superiores. No me importaba. Una especie de entumecimiento espiritual se había adueñado de mí, una mortaja de apatía tan vasta que no tenía la energía suficiente para descubrir su origen. Durante tres años vagué por España y Portugal, completamente anestesiado, sordo ante mi propia investigación desganada, que en el mejor caso fue superficial, indiferente al arte, a la crítica de arte, incluso a los acólitos, los míos y los de Schmidt, que sin transición habían seguido adelante con sus vidas, muerto Schmidt hacía dos años, tres años, su célebre nombre, los célebres nombres de *ambos* enterrados en las suaves arenas de la indiferencia. ¿Debo reconciliarme con el hecho de que mi existencia entera está ahora en entredicho, me pregunté, debo considerar la idea de que todo careció de sentido o, peor aún, estaba repleto de un sentido malinterpretado y jamás comprendido? ¿Cómo podían la *luz de Dios* y *Cristo* tener nada que ver con *El abismo de San Sebastián* cuando habíamos dedicado nuestras vidas a demostrar que no lo tenían? Visité Barcelona, el Museu Nacional d'Art de Catalunya, para ser específicos, la Galería Rudolf, para ser más específicos, pero no sentí nada, me sentí en cambio impelido a volver a mi carísimo apartamento en mi carísima ciudad, sentí la llamada del hogar. La idea de mi apartamento vacío con sus paredes llenas de libros, la lujosa soledad que me aguardaba, no dejaba de acuciarme. Se había apoderado de mí una debilidad, de forma bastante espectacular, debería añadir, con accesos de melancolía y paseos nocturnos y cierta tonalidad mítica en mis facciones que nunca antes había poseído, pero de todos modos era cansancio y, por espectacular que resultase, estaba solo en el mundo. Y maldije la misma soledad que añoraba porque no quería estar solo y aun así no podía soportar *nada* que no fuera estar solo. Lo odiaba y lo necesitaba, ambas cosas al mismo tiempo o a intervalos, no estoy seguro, tanto la soledad como el desasosiego que sentía en mi soledad, pero, en cualquier caso, la vida se volvió incomprensible, y ¿era esto, me preguntaba, el sufrimiento que uno experimenta antes de alcanzar la claridad y la sabiduría? ¿Era la locura precursora de la iluminación? Por lealtad, creyendo que debía quedarme, alquilé una habitación en Barcelona, pero la habitación se me antojó letárgica y claustrofóbica, y en un intento de desalojar lo que estaba atrapado en mi interior, visité las obras de Beckenbauer por última vez. Y en Barcelona, en la Galería Rudolf, de pie ante *El abismo de San Sebastián*, no sentí ni gloria ni gozo ni la sensación de que me cortaran los miembros ni ciertamente ninguna *avalancha de emociones*. Miré directamente a los ojos del santo asno pero no encontré ni esperanza ni pasión, ni piedad ni gracia, ninguna de las emociones que habían marcado mi alma, ni siquiera las llamas en los ojos de Schmidt, que habían ardido como soles moribundos; en vez de eso vi un abismo vacío, un manto de hambruna, y supe que huiría a casa y no volvería nunca más, porque al mirar *El abismo de San Sebastián* vi la verdad sin adornos, una verdad tan pura que había cegado a Beckenbauer, y en aquel lugar, en la Galería Rudolf, toda la aniquilación del universo se alzaba resplandeciente ante mí en la peligrosa promesa de un lienzo vacío.

BIBLIOGRAFÍAS

Narrador:
La purga del cielo
El dobladillo de los apóstoles
Amanecer bizantino
Pastoral de la serpiente
El afecto de Arlequín
La paradoja de Hugo
Negro lloroso: un ensayo
Naturaleza muerta con Lucifer
A la izquierda del esplendor
El ensamblaje
(Inédito) *El sudario del asno*

Schmidt:
Agosto en rapsodia
Los evangelios del conde Hugo
El descenso
La granja
Turbulenta incoherencia
Pan y muerte
Pálida oscuridad (ensayos reunidos sobre arte, Düsseldorf y la Peste Negra)
Reino mancillado
Almagesto

Para leer más:

Vindicación: en brazos de Dios, de Klaus Vogel
Los pecados de los santos de Hugo, de Tristan Molyneaux
Efigie arrasada, de Tristan Molyneaux
Dolor y duda, de Adolfas Makarov
Los diarios de Helga Heidel (edición de Franz Holfenbach, con epílogo de Elain Baswitz)

ACABÓSE DE IMPRIMIR
EL DÍA 31 DE MAYO DE 2024